Günter Wagner

Weihnachtsgeschichten aus Kassel

Bildnachweis
S. 4 Günter Wagner, S. 6 wikipedia/Paul Broeker, S. 9 wikipedia/Bundesarchiv B145 Bild –F030015-0013/Jens Gathmann, S. 19 ullstein bild/Imagebrocker/ Jochen Tack, S. 22 wikipedia/Carroy, S. 25 ullstein bild/Becker u. Bredel, S. 28 ullstein bild/Imagno, S. 43 wikipedia/ChristosV, S. 47 pixelio/Jürgen Acker, S. 54 wikipedia/Carroy, S. 58 pixelio/Steffi Pelz, S.68 pixelio/erysipel, S. 72 pixelio/Dieter, S. 75 pixelio/Uwe Kunze, S. 78 pixelio/Margit Völtz.

Titelbild: ullstein bild (Oscar Poss)

1. Auflage 2021

Satz und Layout: Christiane Zay, Passau
Druck: Rindt Druck, Fulda
Buchbinderische Verarbeitung: Buchbinderei S. R. Büge, Celle

34281 Gudensberg-Gleichen, Im Wiesental 1
Telefon: 0 56 03 - 9 30 50
www.wartberg-verlag.de
ISBN 978-3-8313-3014-0

Inhalt

Vorwort

Kassel hat viele prominente Orte, man denke nur an den Herkules, die Wilhelmshöhe mit Schloss und Park, den Friedrichsplatz, die Aue, den Weinberg und andere. Die Geschichten, die im Buch erzählt werden, ereignen sich aber nicht nur an solch prominenten Orten, sondern spielen auch an anderen Stellen, die den Kasselern vertraut sind. Sie fangen das Leben dort ein und haben fast alle ein Pointe zum Lächeln – das Lächeln wünsche ich Ihnen beim Lesen und dazu manchmal auch einen Augenblick des Innehaltens, des Nachdenkens über das, was so geschieht in Kassel …

Günter Wagner

Günter Wagner im Alter von drei Jahren.

Der Schneemann, der nix weiß

Es war Ende November und ziemlich kalt. Dann stieg die Temperatur auf 0° C, und es schneite. Freitagabend fing es an, Montagmorgen hörte es auf. Der Verkehr war zusammengebrochen, die Schneemänner wuchsen in den Vorgärten, den Anlagen, auf den Grünstreifen und in den Innenhöfen wie die Pilze aus dem Boden.

Der größte stand auf dem Schulhof des Goethe-Gymnasiums. Als die Schüler am Montagmorgen kamen, ging keiner ins Gebäude, alle versammelten sich um den Schneemann. Sie warteten und warteten, dass er kam. Wer? Der Herr Oberstudiendirektor, denn dass dieser Schneemann nach seinem Ebenbild gestaltet war, sah jeder sofort. Er trug einen alten schwarzen Hut, hatte eine kleine rote Knollennase aus Karotte, einen roten Schal, eine echte Brille, einen roten Schlips, einen dicken Bauch – alles unverkennbar. Und er trug ein Schild mit der Aufschrift: „Ich weiß nix, aber das bringe ich euch bei."

Dann kam er. Der Ring um den Schneemann öffnete sich, er näherte sich ihm, stand vor ihm und betrachtete ihn. Der Schneemann war größer als er. Ganz dicht trat er an ihn heran und tat etwas völlig Verblüffendes: Er zupfte an dem Schal, sodass er ordentlicher lag, trat zurück, betrachtete ihn erneut. In dem Augenblick kam der Hausmeister

Auf dem Schulhof der Goetheschule wurde dem Direktor einst ein „Denkmal" gesetzt.

aus der Eingangstür herausgestürzt und rief dienstbeflissen: „Entschuldigung, Herr Direktor, ich mach ihn gleich weg, ich musste nur erst draußen den Schnee räumen und streuen." „Aber nein, Knobel, den lassen sie mal ruhig stehen, das ist mir eine Ehre. Wem wird schon zu seinen Lebzeiten von seinen Schülern ein Denkmal gesetzt! Und jetzt holen sie mir mal schnell einen dicken Stift." Knobel starrte ihn einen Augenblick verblüfft an, lief dann aber schnell ins Gebäude zu seinem Hausmeisterraum. Die Schüler standen noch immer erwartungsvoll beisammen, als der Hausmeister wiederkam und den Stift übergab. Der Direktor winkte einen der Oberstufenschüler heran, um das Schild, das mit einem Stab befestigt war, herunter zu holen. Der Schüler musste sich bücken, der Herr Direktor legte das Schild auf seinen Rücken und schrieb.

Atemlose Stille bei den Schülern. Als er fertig war, wies er seinem Helfer an, das Schild wieder anzustecken.

Man konnte nun lesen: „Sokrates". Die Schüler der Klassen 12 und 13 lachten, weil sie Philosophie-Unterricht hatten. Die anderen verstanden nichts und waren enttäuscht. Aber sie hörten aus dem Mund ihres Chefs: „Wisst ihr, das ist nämlich ein kluger Spruch, den ein Mann vor 2500 Jahren gesagt hat. Merkt ihn euch. Auch wenn ihr meint, ihr seid schlau und klug – wir wissen alle noch viel zu wenig über Gott und die Welt! Und wenn ihr das begreift, werdet ihr nicht überheblich, sondern gute Bürger, gute Menschen. Und es macht mir keiner den Schneemann kaputt!" Er warf noch ein Blick auf eine kleine Gruppe von Schülern aus der 13, lächelte und ging ins Gebäude, wo es eben zur Stunde klingelte.

Die vier, die er so angeschaut hatte, sahen sich an, einer sagte: „Verdammt, der Alte hat's doch noch drauf und redet sich immer raus." Der Schneemann blieb unangetastet stehen, bis er nach ein paar Tagen in sich zusammensackte, und der Alte sah aus seinem Fenster, das auf den Schulhof ging, ein bisschen wehmütig dabei zu.

Von schaukelnden Affen und weißen Mäusen

Vor den Schaufenstern des Kaufhofs drängten sich die Menschen – vorn die Kinder, weiter hinten die Erwachsenen. Dort war eine ganze Front, fünf große Schaufenster, weihnachtlich dekoriert. In viel Watte und Kunstschnee eingebettet, fuhren Hasen Schlitten, hämmerte der Bär, schaukelten die Affen, kochte die Mutter-Maus für drei kleine Mäuse, wurde Holz gehackt. Und alles bewegte sich, nur die Kinder standen ganz still davor und guckten, bis die Erwachsenen sie weiterzogen. So war das jedes Jahr zu Weihnachten – nicht aber in diesem Jahr. Da blieben auch die Erwachsenen vor einem der Schaufenster länger stehen und lachten. Drinnen bewegte sich nämlich etwas, das nicht nur hin und her wackelte, sondern wirklich herumlief: Es war eine echte weiße Maus. Sie war in all dem Weiß nicht leicht zu erkennen, verschwand immer mal hinter einem Styropor-Deko-Teil, kam unter der Watte wieder hervor und lief eifrig einmal hierhin und einmal dorthin.

Mehrere Kunden meldeten den Vorgang an der Kasse im Erdgeschoss. Der herbeigerufene Chefdekorateur sah verblüfft, dass die Meldung stimmte und konnte der Geschäftsleitung, die inzwischen auch benachrichtigt worden war, nicht erklären, wie das Tierchen ins Schaufenster gekommen war. Zwei Deko-Auszubildende wurden gerufen, die an dem Schaufenster mitgearbeitet hatten. Sie versicherten, dass sie keine Maus ausgesetzt hätten, doch sollten sie die Maus fangen, entschied der Chef. Das ginge nicht so einfach, erklärte der Dekorateur: „Man kann in der Dekoration nicht einfach herumlaufen, da zerstört man alles. Wir sollten hier ein bisschen Futter an den Rand stellen, irgendwo hinten. Vielleicht lässt sie sich dann fangen." „Gut", entschied der Chef, „stellt unauffällig eine Falle auf, dass das Vieh da verschwindet."

Einer der Azubis besorgte die Falle, der andere ein Stückchen Käse aus der Lebensmittelabteilung. Dann machten die beiden einen Fehler, denn sie ließen sich beim Aufstellen der Falle beobachten. Ein Junge aus der Klasse 10 des Friedrichsgymnasiums, der Mitglied im NABU war, rief sofort dort in der Geschäftsstelle an. Es erschien der Vorsitzende des Ortsvereins und verlangte, dass die Falle, die trotz aller Bemühungen gut sichtbar war, sofort entfernt würde, sonst gäbe es eine Anzeige wegen Tierquälerei. Der Kaufhaus-Chef meinte zwar, er habe noch nie gehört, dass man Mäuse nicht mit Fallen fangen dürfe. Doch er wurde belehrt, dass nur Lebendfallen benutzt werden dürften und die Tiere dann auszusetzen seien.

Blick entlang der Königsstraße auf den Kaufhof 1969, wo bis heute in der Vorweihnachtszeit die Schaufenster von Steiff-Tieren bevölkert werden.

Der Chef sah den Dekorateur an, der sich den Schweiß von der Stirn wischte. Er wusste, dass er nun für alles verantwortlich gemacht werden würde. Da fragte einer der Azubis schüchtern, ob er einen Vorschlag machen dürfe. Er durfte. „Also die Maus ist bestimmt mit der Verpackung einer der Puppen da reingekommen. Aber sie kommt auch nicht wieder raus. Das Fenster ist rundherum dicht. Warum lassen wir sie nicht einfach drin? Sie tut doch niemand was." „Was soll der Unsinn?", rief der Dekorateur. „Aber sehen sie mal, Chef, so viele Leute stehen da und haben Spaß und sehen sich das Fenster an. Genau das wollen wir doch – oder?"

Ehe der Chefdekorateur protestieren konnte, sagte der oberste Chef lächelnd: „Der Junge hat recht, das ist ein prima Gag, wir werden damit in die Zeitung kommen." „Aber dann müssen sie ihr Wasser geben und sie füttern!", verlangte der NABU-Vertreter. „Nein", sagte wieder der oberste Chef, „wir machen mehr. Ihr besorgt noch ein paar Mäuse und ein Häuschen mit einer Futterstelle davor. Sofort!" Mit einer Handbewegung trieb er die beiden grinsenden Dekorateure an die Arbeit.

So viele Betrachter wie in diesem Jahr hatten die Schaufenster des Kaufhofs noch nie gehabt. Doch im folgenden Jahr verzichtete man darauf, das Spektakel zu wiederholen. Die Mäuse hatten zuviel Schmutz gemacht, die Dekoration beschädigt und einige der Plüschtiere angefressen. Einer der Azubis bestand seine Abschlussprüfung übrigens mit Auszeichnung, er hatte sein Fenster zur Prüfung mit lebenden Wellensittichen dekoriert. Jetzt musste er nur jeden Morgen den Vogeldreck von den Schaufensterpuppen entfernen, und die ausgestellte Unterwäsche konnte nicht mehr verkauft werden. Seine Freundin hatte aber Verwendung dafür …

Unser Klowes-Abend

Ich war neun Jahre alt, als meine Eltern nach Kassel zogen. Meiner Schwester und mir gefiel das nicht, denn wir verloren unsere Freunde. Aber ich hatte Glück. In dem Haus, in das wir einzogen, wohnte Willi, der in meine neue Klasse in der Unterneustadt-Schule ging. Er war kein besonders guter Schüler, deshalb war er froh, bei mir öfters abschreiben zu können. Aber er war ziemlich stark, sodass er mich gegen alle, die mir Böses wollten, beschützte.

Am fünften Dezember kam er zu mir und sagte: „Du, morgen ist Klowes-Abend, da machen wir mit." Ich hatte das Wort noch nie gehört und stellte mir so was vor wie Holzkloben, so dicke Holzstücke. „Nee", sagte er, „das ist der Abend vom Nikolaustag, und da verkleiden sich die Kinder und gehen zu den Leuten und sagen einen Spruch auf, und dann geben die ihnen Süßigkeiten oder sowas." Das fand ich gut – aber wieso verkleiden? „Das ist eben so", sagte Willi, „und wir gehen als Heilige drei Könige. Klar?" „Wieso drei? Wir sind nur zwei." „Du hast doch 'ne Schwester, die geht mit!" Meine Schwester lehnte entrüstet ab. Sie wollte doch nicht mit so zwei kleinen Wänsten durch die Straßen ziehen – dabei ist sie nur zwei Jahre älter als ich. Aber Mädchen sind eben so. „Gut", sagte Willi, „dann gehen wir eben als Nikolaus und sein Knecht Ruprecht." Das fand ich nun nicht gut, denn der Nikolaus bringt doch Gaben und Knecht wollte ich auch nicht sein. Willi dachte nach, man sah ihm an, dass es wehtat. „Pass auf", meinte er, „wir gehen doch als Heilige drei Könige und sagen den Leuten, der dritte wäre krank." Damit konnte ich leben.

Die nächste Frage war schwieriger – das Kostüm. „Deine Mutter hat doch eine Kittelschürze, die leihst du dir aus, die geht als Königsmantel, und 'ne Krone hab ich noch." Eine Kittelschürze, das war so eine Art Küchenkleid, das die Frauen bei der Arbeit über ihre guten Sachen anzogen, damit sie sich nicht schmutzig machten. Die Kittelschürze war vorne offen und wurde mit zwei Bändern zugebunden. Meine Mutter lachte, als sie den Plan hörte, brachte aber ihre Schürze und ich probierte sie an. Sie sah gut aus, weil sie so große Blumen hatte, aber natürlich war sie viel zu lang. Als ich zwei Schritte machte, lag ich – patsch – im Zimmer, weil ich vorne auf den Stoff getreten war. Meine Mutter band sie zu und zog die Länge über den Gürtel, das sah gut aus.

Am nächsten Abend, als es langsam dunkel wurde, kam Willi. Er hatte einen alten Bademantel an, den seine Mutter vorne mit Sicherheitsnadeln abgesteckt hatte, sodass er hinten eine Schleppe hatte. Auf dem Kopf hatte Willi eine mit Goldpapier verzierte Pappkrone. Die war ein bisschen groß, sodass sie ihm leicht in die Augen rutschte. Das Beste aber war: Sein Gesicht war schwarz. „Von Ofenruß", erklärte er, „weil es doch einen schwarzen heiligen König gibt." In der Hand hatte er einen Kopfkissenbezug. „Das kriegen wir voll mit Schnucksachen!", war er überzeugt. Ich bekam eine silberne Krone und eine lange Stange als Königsstab. Dann zogen wir los.

Auf der Straße erklärte er mir: „Du musst einen Spruch aufsagen. Ich hab einen für dich gedichtet. Pass auf: Du stellst dich hin, machst eine Verbeugung und sagst: Ich bin ein kleiner König, gebt mir nicht zu wenig, lasst mich nicht zu lange stehn, denn ich muss noch weiter gehn." Das fand ich gut, vor allem, dass der Willi das für mich gedichtet hatte. Ich wollte beim Nachbarhaus anhalten. Aber Willi zerrte mich weiter, da wollte er nicht rein, da hätte er voriges Jahr Ärger gehabt. Also klingelten wir drei Häuser weiter. Tatsächlich summte der Türöffner und wir gingen hinein. Ein paar Stufen höher kam eine alte Frau aus der Wohnungstür, sah uns und sagte: „Ach wie schön, ihr seid die ersten Klöwesse heute, kommt rauf." Das taten wir. Die Frau sah uns an, lächelte und fragte mich: „Hast du denn einen schönen neuen Spruch?" Willi stupste mich an und flüsterte: „Verbeug dich!" Das tat ich. Dabei fiel mir leider die Krone vom Kopf, aber ich hob sie schnell wieder auf und sagte: „Klar, ganz neu, der Willi hat ihn vorhin gedichtet", und fing an: „Ich bin ein kleiner König…" Da kriegte die Frau einen Lachanfall und sagte. „Der soll neu sein? Der war schon alt, als ich so alt war wie ihr jetzt. Naja, der Willi, der sagt so Sachen." Da merkte ich, dass er mich beschummelt hatte und sie das genau wusste, weil sie ihn kannte. Sie hat uns das aber nicht übel genommen, sondern hat uns zwei dicke Orangen geschenkt. Dabei hatte der Willi seinen Vers noch gar nicht aufgesagt.

Wir gingen dann die nächste Treppe hoch. Dabei trat ich leider auf Willis Bademantel, sodass er hinten ein bisschen einriss, aber der Willi meinte, das sei nicht so schlimm und riss das Stück ganz ab. Und weil er nicht wusste, wohin mit dem Stück Stoff, hob er die Fußmatte, vor der wir standen, hoch und ließ es darunter verschwinden. Als wir geklingelt hatten, machte wieder eine Frau auf. Sie sah uns und fing schon an zu lachen, bevor wir was gesagt hatten. „Na, Willi", lachte sie, „hast du dir Verstärkung mitgebracht?" „Das ist mein Freund", sagte Willi, verbeugte sich und wollte seinen Spruch aufsagen. Leider rutschte ihm dabei seine Krone über die Augen, sodass er erst mal gar nichts mehr sah, und als er sie wieder zurechtrücken wollte, wurde sein Kopfkissenbezug ganz schwarz vom Ruß in seinem Gesicht, sodass er statt seinem Spruch laut „Verdammte Scheiße!" sagte. Da musste die Frau noch lauter lachen, gab uns jedem aber trotzdem einen großen Lebkuchen.

Wir stiegen noch eine Treppe höher, aber da machte niemand auf. Willi sagte leise: „Die sind zu Hause, pass auf, denen zeigen wir's." Dann sagte er ganz laut: „Die sind geizig, die wollen einem nix geben." Ich wollte noch eine Treppe höher gehen, aber der Willi sagte nee, das Haus brächte Unglück. Also stiegen wir die Treppe wieder hinunter. Leider übersah ich unten die letzte Stufe und fiel hin. Dabei zerbrach die Stange und schlug in mein Gesicht, sodass ich ein bisschen am Mund blutete. Das war aber nicht schlimm. Wir gingen zum nächsten Haus und klingelten. Wieder machte uns eine Frau auf. Als sie mich sah, schrie sie laut auf: „Junge, was ist dir denn passiert? Du blutest ja! Soll ich den Notarzt rufen?" „ Nee", sagte der Willi, „der ist ein Vampir und das ist das Blut von seinem letzten Opfer!" Er packte mich und zerrte mich raus.

Draußen fluchte er, dass es so schwer wäre, was zu bekommen, putzte mir aber das Blut ab, wobei er mich leider mit dem Ruß an seinem Kopfkissen anschmierte. Das wusste ich aber nicht, und der Willi sagte nix. Als wir beim nächsten Haus klingelten, öffnete ein Mann. Als er uns sah, fing er auch an zu lachen. Das war jetzt schon der Dritte, der uns auslachte, und langsam wurde ich sauer. Aber Willi machte seine Verbeugung, wobei er seine Krone festhielt und sagte seinen Spruch auf:

Ich bin ein kleiner Schlimmer,
sagt meine Mutter immer,
doch kann ich auch ganz lieb sein,
tut ihr mir was in meinen Sack rein.
Dann danke ich euch schön
und werde auch gleich weitergeh'n.

„Na", sagte der Mann grinsend, „ist doch mal 'n Spruch, dafür kriegst du das hier", und gab ihm tatsächlich 'ne kleine Tafel Schokolade. „Und du?", fragte er mich. Ich fing an mit meinem kleinen König, aber er ließ mich nicht ausreden und sagte: „Nee, das ist so alt, dafür gibt's nix mehr", und machte die Tür zu. Da wurde ich so wütend auf den Willi, weil er mich so beschissen hatte, dass ich ihm vors Schienbein trat. Er hatte wohl so ein schlechtes Gewissen, dass er mir keine scheuerte, sondern sagte: „Komm, wir gehen zum nächsten Haus." Aber das wollte ich nicht mehr und bin nach Hause gegangen.

Ob der Willi noch weitergelaufen ist, weiß ich nicht, wir haben uns drei Tagen nicht angesehen und dann nie wieder darüber geredet.

Der Hund im Schnee

Auch dieses Jahr wollte die Familie den Weihnachtsbaum selbst im Wald schlagen. Das war so eine Sitte geworden. Man wollte einen frischen Baum, der nicht nadelte und gut roch, fuhr mit einer Säge zur Hessenschanze, dort wartete der Revierförster und natürlich auch noch zehn andere Leute, auch mit Sägen. Dann ging man bis zu der Schonung, aus der die Bäume geholt werden sollten. Meistens war das nicht weit, aber diesmal war alles ein bisschen anders.

Es lag Schnee. Aber wie! Mindestens 30 Zentimeter, behauptete Peer, vielleicht waren es nur 25, aber es war richtig viel. Man hatte sich dafür ausgerüstet. Mareike und Peer trugen Stiefel, in denen die langen Hosen steckten. Papa hatte ein Paar uralte Militärstiefel an, die er einmal im Jahr bei dieser Gelegenheit trug und extra putzte. Mama trug hohe Wildlederstiefel, die sie eingesprüht hatte, weil sie im vorigen Jahr völlig nasse Füße bekommen hatte. Darüber jammerte sie jetzt noch. Die anderen drei hatten ihr angeboten, sie könne doch zu Hause bleiben, sie fänden schon den schönsten Baum. Aber damit war sie nicht zufrieden, sie wollte ihn sehen, bevor er abgesägt wurde, denn die Männer merkten sowieso nicht, wenn hinten Zweige fehlten, und Mareike wollte sie das nicht zumuten. Also kam sie mit. Terry, der Hund der Familie, halbhoch mit Ringelschwanz, kam natürlich auch mit. Der

Förster führte auch einen Hund mit sich, größer als Terry, aber die beiden würdigten sich keines Blickes.

Der Weg zur Schonung war in diesem Jahr etwas länger. Dort angekommen, bot der Förster erst mal Glühwein aus der Thermoskanne an, für die Kinder gab es Gummibärchen. Er erklärte die Spielregeln, die alle schon kannten: „Nur in dieser Schonung darf gesägt werden. Wer die Säge ansetzt, muss absägen, mitbringen und kaufen. Alles klar?“ Die Zustimmung aller Beteiligten war ihm gewiss. Man schwärmte aus. Es zeigte sich, dass der Schnee zwischen den Bäumchen noch höher lag als auf dem Weg. Der Hund des Försters schaffte das, Terry hingegen konnte nicht laufen, sondern musste sich hüpfend fortbewegen. Das sah witzig aus, machte ihm aber wohl nicht so viel Spaß, wie ihn die Zuschauer hatten.

Die Familie Weskamp teilte sich auf: Mareike ging mit Mama in der dritten Reihe, die erste und zweite war stark bevölkert, Papa ging in der vierten, Peer und Terry versuchten ihr Glück in der fünften. Papa rief zuerst, da sei einer, die anderen wechselten die Richtung, gingen quer zu ihm, aber alle drei waren nicht überzeugt. Dann rief Peer. Mama ging nicht hin, weil die Querwege so hoch voll Schnee lagen. Sie fühlte die Nässe schon wieder in ihren schicken Stiefeln. Papa war nicht abgeneigt, aber Mareike protestierte so laut, dass Mama von Weitem anordnete, der könne er nicht sein. Man suchte weiter. Die anderen Leute waren inzwischen schon weit vorgedrungen, waren nach rechts und links abgebogen, weil die Schonung sich erweitert hatte, Weskamps waren allein.

Nach weiteren gefühlten zwanzig Minuten behauptete Papa, dies sei der absolut richtige Baum für dieses Jahr. Man versammelte sich dort. Tatsächlich konnte auch Mama keinen Fehler entdecken, wahrscheinlich weil ihre Füße sich in Eisklumpen verwandelt hatten. Peer bekam von Papa die Säge, kroch unter das Bäumchen, sägte wie wild, ächzte und stöhnte zweimal, dann hielt Papa den Auserwählten am ausgestreckten Arm und drehte ihn – er war in Ordnung. Eltern und Schwester klopften Peer auf den Rücken, lobten seine Sägeleistung, und Mama lobte Papa wegen des guten Auges. Jetzt konnte man den Rückweg antreten.

Aber, wo bitte war Terry? Peer rief ihn, Papa rief ihn, Mama und Mareike riefen zusammen – kein Terry kam oder bellte in der Ferne. Peer konnte sich nicht erinnern, wann er ihn zum letzten Mal gesehen hatte. Aber weit konnte er ja nicht sein. Also schwärmten sie aus, um ihn zu suchen. Peer ging in die Reihe zurück, durch die er gegangen war, die anderen dahinter. Zum Glück war außer ihm dort niemand durchgegangen. Nach zwanzig oder dreißig Metern sah man von weitem schon die Spur, die Terry mit seinen Sprüngen gemacht hatte, aber keinen Terry. Peer rief, da kam die Antwort des Hundes, die eigentümlich dumpf klang. Es war mehr ein Jaulen als ein Bellen. Schließlich fanden sie ihn direkt unter einem Baum in einem tiefen Loch. Papa lachte, sagte: „Seht euch das an, er ist gesprungen und offensichtlich mit der Schnauze in den tiefen Schnee gefallen, da muss er stecken geblieben sein, den Kopf nach unten, das Hinterteil nach oben. Dann hat er sich nach hinten rausgegraben und ist noch tiefer in den Schnee gekommen, weil da ein Loch im Boden war. Das war viel zu tief für ihn.

In der tief verschneiten Schonung warten die Tännchen darauf, einmal Weihnachtsbaum zu werden.

Warte, Hund, ich hol dich raus.“ Papa stieg in den tiefen Schnee, sank auch bis zu den Oberschenkeln hinein, das Loch war größer als erwartet. Er packte Terry, hob ihn raus und behielt ihn im Arm. Alle streichelten ihn, er hielt still, ab und zu lief ein Zucken über sein Fell.

Mama ordnete an: „Zurück!“ Aber Papa sagte: „Stopp! Seht euch den Baum an!“ Tatsächlich stand hinter dem Loch, aus dem Terry errettet worden war, ein wunderschöner, gleichmäßig gewachsener, knapp zwei Meter hoher Baum. Alle betrachteten ihn, es war nichts an ihm auszusetzen. „Schade“, sagte Mama, „dass wir schon einen haben.“ „Wir könnten doch zwei aufstellen, einen im Wohnzimmer und einen auf der Terrasse“, schlug Mareike vor. Peer meinte trocken: „Und einen dritten bei dir im Zimmer, was?“ „Wisst ihr“, sagte Mama etwas zögerlich, „das ist gar nicht schlecht, das habe ich auch schon mal überlegt. Der könnte stehen bleiben bis in den Januar und sähe bestimmt hübsch aus.“ „Nee“, meinte Papa, „wir könnten ihn der Frau Wiesehügel schenken, die hat noch was gut bei uns. Wir nehmen ihn mal mit, dann können wir immer noch entscheiden."

Peer hatte die Säge noch, kroch unter den Baum, was diesmal leichter ging, weil da ja das Loch war, sägte wie wild, ächzte und stöhnte wieder ein bisschen – und ab war er. Mama hielt ihn, drehte ihn einmal, alle sahen ihn an. Er war perfekt. Den schleppte Peer, den ersten trug Papa, den Hund Mama. Als sie beim Förster ankamen, waren die meisten Leute schon weg. Neben dem Förster stand ein älterer Mann, die beiden hielten ein Schwätzchen. Als der Mann sah, dass sie zwei Bäume hatten, fragte er: „Na, haben sie die Großeltern gleich mit versorgt?" „Nee", sagte Papa, „der hier ist uns so zugelaufen. Wollen sie ihn haben?" Der Mann sah Papa erstaunt an: „Wenn sie ihn loswerden wollen, gern, ich hätte sonst noch einen geholt." „Aber Gerd", wandte Mama ein, „den wollte ich doch!" „Wir kriegen zwei gar nicht auf das Auto und du kannst ja noch einen beim Händler kaufen, wenn der draußen steht, nadelt der nicht so schnell und man sieht es auch nicht. Hier", wandte er sich an den Mann, „hier haben sie ihn", und übergab ihn an den Mann. Dann bezahlte Papa den eigenen Baum, stemmte ihn aufs Auto und band ihn sorgfältig fest – die Expedition war beendet.

Auch zu Hause machte der Baum sich prächtig, geschmückt war er ein wahrer Weihnachtstraum. Merkwürdig war nur, dass Terry sich auffällig von ihm fern hielt. Ob er ihn an seinen tiefen Fall ins Schneeloch erinnerte?

Heiligabend in der Aue

Es klingt sehr merkwürdig, aber ich habe mich an einem Heiligen Abend in der Aue verlaufen. Ich war zwölf Jahre alt und erst im November mit meinen Eltern in die Unterneustadt gekommen. Auf dem Realgymnasium Wesertor hatte ich einen Freund gefunden, bei dem ich den frühen Nachmittag in der Heckerstraße verbracht hatte. Um fünf sollte ich wieder zu Hause sein.

Als ich um halb fünf aufbrach, war es schon ziemlich dunkel. Und als ich in der Aue ankam, war es richtig dunkel. Ich blieb nicht auf dem Hauptweg und nicht auf der Straße, sondern wollte quer durch den Park zum Auedamm laufen. In der Aue gab es damals noch überhaupt keine Beleuchtung. Ich wusste zwar die Richtung, kannte aber nicht jeden Weg. Im Dunkeln konnte ich den Weg ohnehin nicht mehr so genau sehen. Die alten Bäume standen düster vor einem Himmel mit schnell ziehenden Wolken. Die Krähen in den Bäumen schliefen noch nicht, sondern machten Krach. Es war unheimlich.

Plötzlich hatte ich das Gefühl, ich ginge im Kreis und käme nicht wieder, nie wieder aus der Aue hinaus. Und das an Weihnachten! Endlich sah ich vor mir Wasser, den Küchengraben. Aber ich war viel zu weit oben, musste hinunter in Richtung der Orangerie und vorher über die Brücke. Die erblickte ich dann schon. Und plötzlich sah ich etwas ganz Merkwürdiges: Am Geländer hing ein Weihnachts-

Über den Küchengraben zum Auedamm führte der Weg am Heiligen Abend.

baum mit Kerzen – so wirkte es jedenfalls aus der Ferne. Als ich an der Brücke war, sah ich, was es war. Jemand hatte ein Filmplakat für den Film im „Im Weißen Rössel", der gerade in den Kinos lief, aufgehängt. Entweder er oder ein anderer hatte Löcher in das Plakat gestoßen und zwar so, dass es unten viele gab und oben immer weniger, bis es nur noch eins war. Durch die Löcher schien das Licht der Laterne, die vor der Orangerie stand. Aus der Ferne wirkte es tatsächlich wie ein Weihnachtsbaum mit Kerzen.

Als ich das sah, wurde mir leichter ums Herz. Ich klatschte in die Hände, ein paar Krähen flogen auf, und ging über die Brücke zum Auedamm. Pünktlich um fünf Uhr war ich zu Hause, um später mit meinen Eltern in die Kirche zu gehen. Es war ein Weihnachtserlebnis, das ich nie vergessen werde.

Omas Weihnachtsbaum brennt

Es war nach dem Krieg. Meine Mutter und wir drei Kinder waren ausgebombt und wohnten in Heckershausen bei unserer Oma. Unser Vater war noch in Kriegsgefangenschaft und der Opa schon gestorben. Wir litten also unter einer „Weiberherrschaft“, die immerzu uns Jungen etwas verbieten wollte, sodass wir unsere Abenteuer alle nur draußen und heimlich erleben konnten. Aber ein echtes Abenteuer haben wir dann doch zu Hause erlebt, und zwar Weihnachten 1946.

Die Weihnachtsvorbereitungen waren wegen der knappen Lebensmittelversorgung mühsam gewesen, aber es gab zwei Blechschachteln mit Plätzchen, die wir unter Androhung von Todesstrafe nicht öffnen durften. Sie wurden nachts im verschlossenen Küchenschrank aufbewahrt, sicher ist sicher. Dann gab es noch eine Stolle, mit der man uns quälen wollte, denn sie wurde auch unter Verschluss gehalten. Über Geschenke wurde nicht gesprochen, wir erwarteten auch nichts.

Am Tag vor Heiligabend wurde der Weihnachtsbaum im Garten ausgegraben und in einen Eimer gepflanzt. Der Baum kam am dritten Weihnachtstag wieder raus, weil er nächstes Jahr wieder rein sollte. Am Heiligabend wurde er geschmückt. Unsere Oma hatte tollen Weihnachtsschmuck, silbernen, goldenen und bunten – alles Glaskugeln. An jedem Weihnachten war eine zerbrochen, das war der Weihnachtsschwund, aber es waren noch genug da. Kerzen gab es auch, die waren noch aus der Verdunklungszeit übrig geblieben. Zwölf Kerzenhalter wurden gefüllt und am Baum befestigt. Das waren für den kleinen Baum eigentlich viel zu viele, aber Oma sagte, es wären immer zwölf gewesen. Also steckten wir sie dran.

Und es wurde ein schönes Bäumchen, das neben der Terrassentür auf einem Tischchen stand. Die Geschenke lagen darunter. Nach der Kirche wurde, wie immer, gesungen, und wir „durften“ jeder ein Gedicht vortragen. Gut, das machten wir. Dann wurden die Geschenke ausgepackt. Wir bekamen alle etwas zum Anziehen, weil man uns zum Entsetzen meiner Mutter beim Wachsen zugucken konnte. Die Anziehsachen waren alle vererbt von den Älteren auf die Jüngeren, oder sie waren schon anderswo getragen worden – man half sich im Dorf gegenseitig aus. Auch das Spielzeug, das wir vorfanden, war nicht schlecht. Es war entweder geliehen oder eingetauscht worden.

Die Kerzen waren fast runtergebrannt, und es war ziemlich warm geworden im Zimmer. Deshalb öffnete unsere Oma die Terrassentür, wodurch ein so heftiger Windstoß hereinkam, dass eine Kerze umfiel. Der Baum fing an zu brennen. Weil er ganz frisch und feucht war, brannte er nur wenig und langsam. Unsere Mutter stürzte sogleich in die Küche, um eine Schüssel mit Wasser zu holen. Aber unsere Oma ging beherzter zur Sache. Sie ging in die Knie, fasste den Eimer, in dem das Bäumchen stand, mit beiden Händen, stieß die Terrassentür mit dem Fuß auf, ging

Ein Windstoß reicht, und schon steht der Weihnachtsbaum in Flammen.

zwei, drei Schritte auf die Terrasse und schmiss den Baum samt Eimer einfach auf die Wiese. Wir hatten die Aktion mit offenem Mund verfolgt. Ich weiß nicht mehr, wer von uns anfing, jedenfalls klatschten wir alle Beifall und jubelten. Unsere Mutter umarmte ihre Mutter, und alle waren glücklich, der Gefahr entronnen zu sein.

Was wir jedoch nicht gleich merkten: Oma hatte den Baum ziellos rausgeworfen und nicht bedacht, dass an der Terrasse ein Berg geschnittener Stauden mit ein paar Ästen aus den Obstbäumen lag, der noch nicht für den Kompost zerkleinert worden war. Genau da hinein war der brennende Baum gefallen, und nach ein paar Minuten loderte am Rande der Terrasse ein mächtiges Feuer. Das hätte niemandem geschadet, es war weit genug vom Haus entfernt. Der übernächste Nachbar sah aber die Flammen hinter der Hecke und dachte, dass das Haus brennt. Er gehörte zur Dorffeuerwehr und hatte deshalb ein Telefon im Haus. Also alarmierte er den Chef der Feuerwehr, griff sich dann einen Feuerlöscher, den er kraft Amtes besaß, und rannte zu uns herüber.

Als er sah, dass keine Gefahr bestand, wollte er zurückrennen, um den Alarm zu stoppen. Doch es war zu spät, der Chef hatte die Sirene ausgelöst. Also kam er seufzend wieder und löschte das Feuerchen selbst, was wir schade fanden. Knapp zehn Minuten später war der Feuerwehrwagen da, was wir toll fanden. Oma lud die Männer ein, kurz hereinzukommen, und bot ihnen vom selbst gemachten Kirschwein an, schließlich hatten sie ihre Familien während der Weihnachtsfeier verlassen müssen.

Zu unserem Erstaunen ließen sich also zehn Feuerwehrmänner bei uns im Wohnzimmer nieder und tranken unter lauten Gesprächen Kirschwein. Die arme Oma wurde fünf Flaschen davon los! Wenn ich die Sache heute bedenke, habe ich das Gefühl, dass das kleine Feuerchen ihnen sehr gelegen kam, denn in die Wirtschaft hätten sie an dem Tag alle nicht gedurft.

Bahn frei!

Anfang Dezember wurde es richtig kalt. Aber es fiel kein Schnee. Wir hatten die Schlitten alle in Bereitschaft, aber keine Flocke kam vom Himmel. Da hatte Klausi wieder eine seiner berühmten Ideen. Der Hang hinter der Ruine des Staatstheaters würde sich doch für eine Schlittenbahn geradezu anbieten. Aber ohne Schnee? Ja, auf Eis. Auf Eis? Klar, man brauchte bloß Wasser auf die Wiese zu gießen, dann hatte man eine Eisbahn. Ja, aber woher das Wasser? Ein Schlauch wäre zu beschaffen, aber es gab hier nirgends einen Wasserhahn. Nein, aber es gab unterhalb des Theaters die kleine Fulda. Die hatte zwar eine Eisdecke, die man aber aufhacken konnte und dann das Wasser mit Eimern auf den Hang schütten.

Wir besichtigten den Hang und Klausi hatte recht. Wenn man es schaffte, hier eine Eisschicht zu erzeugen, würde das so etwas wie eine Bobbahn. Am nächsten Tag konnte man fünf Jungen mit Putzeimern an der Ruine der Orangerie vorbei über die Brücke gehen sehen. Sie gingen aber nicht etwa die Du-Ry-Straße hinauf, sondern hinter der Brücke hinunter zur kleinen Fulda. Erwin hatte eine Spitzhacke mitgebracht, das Eis ließ sich sehr gut aufhacken. Allerdings rutschte er ab, fiel auf den Hintern, die Füße landeten im Wasser. Wir zogen ihn hoch, er ging fluchend nach Hause, um eine andere Hose und trockene Schuhe anzuziehen. Nach gut 20 Minuten war er wieder da. Inzwi-

Hinter dem Staatstheater, hier vor der Zerstörung, fand die Rodelpartie der besonderen Art statt.

schen hatten wir anderen schon so an die 30 Eimer Wasser auf den Hang geschüttet. Das Gras guckte zwar stellenweise noch raus, aber es hatte sich wirklich Eis gebildet. Wir traten das Gras herunter und schütteten noch mehr Wasser darauf. Eimer um Eimer schleppten wir den Hang hinauf und legten eine Bahn von etwa zwei Metern Breite und 50 Metern Länge an. Nach zwei Stunden waren wir fertig.

Am nächsten Tag war es noch kälter, als wir wieder ein Loch in die kleine Fulda hackten. Klausi stand diesmal in Gummistiefeln im Wasser und schöpfte das Wasser in die Eimer, die wir anderen den Hang hinaufschafften. Das hielt er aber nicht lange aus. Seine Füße waren bald eiskalt, sodass er nach Hause ging, um dickere Socken zu holen. Diesmal hielt uns die Aussicht auf eine perfekte Bobbahn länger bei unserer Arbeit. Nach gut drei Stunden war die Bahn endlich fertig, fanden wir. Es wurde schon dunkel, so musste die Einweihung am nächsten Tag stattfinden.

Diesmal sahen die Leute, die uns begegneten, sehr verwundert fünf Jungen, die alle einen Schlitten auf dem

Rücken trugen. An der Bahn angekommen, gab es keine Frage, dass Klausi als Erster fahren durfte. Schlau, wie er war, startete er seine Fahrt nicht oben, sondern im unteren Viertel der Eisbahn. Wir standen oben und sahen zu. Und tatsächlich, es funktionierte, der Schlitten fuhr. Es ruckelte ein bisschen an manchen Stellen wegen der Grasbuckel unter dem Eis, aber Klausi kam gut unten an. Er stoppte den Schlitten am Ende der Bahn mit den Füßen auf dem Gras und rief zu uns hinauf: „Prima, ihr könnt kommen!“

Erwin machte sich als Nächster bereit. Er war nicht der Hellste, aber der Mutigste, wohl auch, weil er der Stärkste war. Natürlich startete er von ganz oben und hatte schon nach ein paar Metern ein richtig schönes Tempo drauf. Er näherte sich sehr schnell dem Ende der Bahn. In dem Moment wurde ihm wohl klar, dass er bremsen musste. Also nahm er die Beine von den Schlittenkufen, setzte die Schuhsohlen auf das Eis, aber das bewirkte gar nichts. Dann versuchte er, die Beine ganz breit zu machen, aber die Bahn war zwei Meter breit, sodass er mit den Füßen das Gras nicht erreichen konnte. Das Ganze dauerte nur wenige Sekunden, dann hatte er das Ende der Eisbahn erreicht. Dort stoppte der Schlitten von selbst, und zwar ganz abrupt! Erwin hatte keine Chance. Er hielt sich zwar am Schlitten fest, ließ aber bei dem plötzlichen Stopp los, weil der Schlitten hinten hochstieg. Wir sahen, dass Erwin wie der Zirkuskünstler, der sich aus einer Kanone in das in der Manege gespannte Netz schießen ließ, über den Rasen flog. Instinktiv machte er das, was wir in der Halle im Sportunterricht trainiert hatten: Nach dem Sprung über den Kasten musste man sich auf der Matte dahinter abrollen. Erwin nahm den Kopf vor die Brust und rollte sich ab. Das war zwar gut für die Landung, aber aus Bequemlichkeit hatten wir die Bahn bis dicht an die kleine Fulda heruntergezogen, damit wir das Wasser nicht so weit tragen mussten. Erwin landete also zum zweiten Mal im Wasser und diesmal nicht nur mit den Füßen!

Er hatte doppeltes Glück im Unglück, weil er sich bei der Aktion nicht verletzte und weil seine Eltern nicht zu Hause waren, als er pitschnass und vor Kälte schlotternd dort ankam. Es gelang ihm sogar, die Hose und die Unterhose in der Waschküche aufzuhängen und zu erzählen, er sei ausgerutscht und dadurch in die kleine Fulda gefallen.

Wir verfolgten das Geschehen ziemlich betreten oben am Hang. Niemand wollte so recht als Nächster fahren, aber Klausi machte es dann doch. Er ließ die Schuhsohlen gleich auf dem Eis, damit er nicht ganz so schnell wurde, war auf den Stopp gefasst, sprang kontrolliert ab und stand triumphierend unten. Wir haben die Eisbahn tatsächlich fast eine Woche lang genutzt, immer wieder ausgebessert und mit der Stoppuhr die Zeiten gemessen. Es kamen noch andere Kinder dazu, wir hatten eine echte Attraktion geschaffen.

Doch dann kam jemand von der Parkaufsicht, der auf die Eisbahn aufmerksam geworden war, und verbot uns jede weitere Fahrt, weil wir den Rasen beschädigen würden, was vielleicht stimmte, aber uns gegenüber trotzdem gemein war. Wir haben dann in demselben Winter auch noch eine Skisprungschanze gebaut, aber da waren wir nicht ganz so erfolgreich. Doch das ist eine andere Geschichte …

Die Weihnachtsbaum-Kanone

Bildende Künstler haben es heute schwer, sehr schwer. Früher lernte man Maler, Bildhauer oder Schnitzer und wenn man was konnte, bekam man Aufträge, und man konnte davon leben. Heute braucht man Ideen, die möglichst neu oder überraschend und eindrucksvoll sind. Man muss sie nicht mehr selbst verwirklichen, sondern lässt sie, möglichst groß, in Werkstätten ausführen. Falls man ausnahmsweise etwas selbst herstellen kann, vielleicht sogar etwas, das man an die Wand hängen kann, dann sollte es so hässlich wie möglich sein, nur dann hat es eine Chance, die Aufmerksamkeit eines Kunstagenten zu erregen.

So eine Idee hatte ein junger Künstler in Kassel. Er fand den Weihnachtsmarkt zwar ganz hübsch, aber ihm fehlte dabei eben das Neue, das Überraschende. Und das erfand er. Der Weihnachtsmarkt ist jedes Jahr mit unzähligen Weihnachtsbäumen dekoriert, und da werden immer mehr angeliefert als man braucht. Damit, dachte unser Künstler, kann man doch etwas Spektakuläres tun. Da er sowieso alle seine Kunstwerke irgendwie in Bewegung setzt, erfand er eine Maschine, die Weihnachtsbäume in Bewegung setzt.

Was jetzt kommt, ist nicht etwa meiner Fantasie entsprungen, sondern die reine Wahrheit. Ich habe die Maschine gesehen und sie mir erklären lassen. In einen Behälter, etwa so groß wie ein Bierfass, wird Luft gepumpt und kräftig komprimiert. Vor diesem Behälter sitzt ein Rohr, in das der Weihnachtsbaum hineingezogen wird. Das ist dasselbe Prinzip, das der Weihnachtsbaumverkäufer anwendet, wenn er die Bäume für den Transport in ein Netz zieht. Bei der Maschine, von der ich hier erzähle, gibt es allerdings kein Netz. Wenn der Weihnachtsbaum im Rohr ist, wird dieses steil nach oben aufgerichtet. Die Maschine sollte nun auf einem großen Platz stehen, die Zuschauer gehörigen Abstand halten. Der Künstler löst den Abwurfschalter aus, sodass der Weihnachtsbaum von der Druckluft hoch in den Himmel geschossen wird, dabei seine Äste entfaltet und – das ist der besondere Gag – brennend zu Boden sinkt, weil er beim Rausschießen in Brand gesetzt worden war. Der Applaus des Publikums war dem Künstler bei dieser Aktion gewiss.

Das Spektakel war im Dezember 2019 auf dem Friedrichsplatz in Kassel zu erleben. Der Weihnachtsmarkt wurde in jenem Jahr als der schönste und originellste Weihnachtsmarkt Deutschlands ausgezeichnet, wobei die Weihnachtsbaum-Kanone zusammen mit einer Bobbahn auf der Treppenstraße ausdrücklich genannt wurde.

Ein ganz besonderer Weihnachtsbaum

Als Tommi acht Jahre alt war, ein eigenes Fahrrad besaß und in der Jugendmannschaft seines Vereins Fußball spielte, er sich also schon sehr erwachsen fühlte, erlitt er im Dezember sozusagen einen Rückfall in seine frühe Kindheit. Seine kleine Schwester Isa spielte zur dieser Zeit mit seinen bunten Holzklötzchen, mit denen er sich damals stundenlang beschäftigen konnte. Als er sich den Kasten, in dem sie sich befanden, aus ihrem Zimmer holte, hatte sie nichts dagegen. Er brauchte aber noch andere Dinge für das, was er vorhatte. Also ging er hinüber in die Praxisräume seines Vaters, der Allgemeinmediziner in einer der Randgemeinden Kassels war, und ließ sich von der Sprechstundenhilfe eine Handvoll der Holzspatel geben, die sein Vater benutzte, um die Zunge herunterzudrücken, wenn er jemanden in den Hals schauen wollte. Zuletzt holte er sich aus dem Schuppen, in dem das Holz für den Kamin lag, eine von den Leisten, die es dort auch gab.

Mit einem Stück Brett und Schrauben und kleinen Eisenwinkeln bastelte er zuerst eine Bodenplatte, auf der er ein 50 Zentimeter langes Stück der Leiste aufrecht stehend befestigte. An die Leiste kamen nun neun von den Spateln, für die er Spalten in die Leiste einsägte. Sie wurden so angeordnet, dass ganz unten vier, darüber mit etwas Abstand drei und darüber zwei Spatel so angebracht waren, dass sie jeweils in andere Richtungen zeigten. Unten waren sie lang, weiter oben auf jeder Ebene ein Stück kürzer. Auf die Spatel klebte er dicht an dicht lauter grüne Klötzchen-Würfel. Als er fertig war, hatte er eine Art grünes Bäumchen gebaut – ein „Weihnachtsbäumchen-Spezial“, wie er es taufte. Er stellte es auf seinen Schreibtisch.

Am nächsten Tag, als er in der Schule war, sah seine Mutter das Werk und wusste sofort, was es darstellen sollte. Da kam ihr eine Idee. Sie holte aus Isas Zimmer ein paar rote Klötzchen, aber keine eckigen, sondern Rollen. Davon stellte sie eine auf jeden „Zweig“ des Bäumchens. Mittags sah Tommi, was da geschehen war, pfiff anerkennend und dankte seiner Mutter für die Ausgestaltung. Abends zeigten sie es dem Vater. Der zog die Stirn kraus und sagte: „Naja, wenn ihr meint ...“

Am nächsten Tag war Mittwoch, da hatte die Praxis zu, der Herr Doktor musste in die Stadt, er brauchte eine neue Batterie für sein Auto. In der Werkstatt sagte man ihm, dass er in einer Stunde wiederkommen könne, dann sei die Batterie eingebaut. Was sollte er anfangen in der Zeit? Er war in Bettenhausen, und da gab es damals ein Spielwarengeschäft. Er ging daran vorbei, als er einem Café in der Leipziger Straße zustrebte. Vor dem Schaufenster blieb er einen Augenblick stehen, ging dann in den Laden und kaufte einen ganzen Sack Klötzchen – grüne Klötzchen-Würfel sowie eine Menge rote Rollen und genauso viele gelbe Dreiecksklötzchen. Danach trank er zufrieden seinen Kaffee.

Zu Hause erregte er große Verwunderung mit seinem Einkauf, doch Tommi schlug sich mit der Hand vor die Stirn und sagte: „Klasse Papa, an die Flammen der Kerzen habe ich gar nicht gedacht.“ Jede rote Rolle bekam ein gelbes Dach als Flamme. „Aber wieso hast du so viele Klötze gekauft?“ „Ganz einfach, ab nächsten Samstag ist doch für zwei Wochen Weihnachtsmarkt vor der Unterneustädter Kirche. Wir spenden ein paar von deinen Weihnachtsbäumchen für den guten Zweck.“ Drei Tage war die ganze Familie beschäftigt, abends hölzerne Weihnachtsbäumchen anzufertigen und Zuckerwerk daran zu hängen. Die Leute von der Kirchengemeinde, denen man sie dann schenkte, waren zwar verblüfft, doch ließen sich die Bäumchen sehr gut verkaufen. Sie brachten nicht nur der Gemeinde Geld ein, sondern auch Tommi einen Artikel mit Bild in der Lokalzeitung, auf den er sehr stolz war. Im folgenden Jahr wollte er die Sache nicht wiederholen, sondern sich etwas Neues ausdenken, aber es fiel ihm nichts ein. So wurde nichts aus einer erneuten Spendenaktion.

Sehr merkwürdig ist aber, dass Tommi, der inzwischen ein bekannter Architekt geworden ist, in der Landeshauptstadt eines deutschen Bundeslandes ein sehr hohes Gebäude für die dortige Landesbank entworfen und gebaut hat, dass nicht nur entfernt an seine Weihnachtsbäume-Spezial erinnert, weil auch hier einzelne Würfel aus der Fassade heraustreten und das ganze Gebäude um einen Turm, in dem sich die Treppen und die Fahrstühle befinden, herumgestaltet ist. Ob er das selbst gemerkt hat, als er es entwarf?

Eine Weihnachtsgans auf Abwegen

Die Weihnachtsgans war seit Generationen ein Muss in der Familie. Ohne sie konnte Weihnachten gar nicht stattfinden. Man kaufte sie, auch schon seit Generationen, in einem der Dörfer vor den Toren Kassels auf einem Bauernhof, besser gesagt, bei einem Geflügelzüchter, denn seit der letzten Generation hatte sich der Erbe auf Gänse spezialisiert. Er hielt so an die 1500 und hatte das richtige Gelände, durch das die Ahne floss, die einen angelegten See von beträchtlicher Größe speiste. So boten sich die idealen Aufzuchtbedingungen.

Die Gänse von dort waren vorzüglich. Eigentlich lieferte der junge Züchter nur an teure Gaststätten in der Großstadt, aber unsere Familie bekam wie auch die anderen Alteingesessenen natürlich ihre acht Kilogramm schwere Gans. Sie wurde am 22. Dezember abgeholt und hing dann auf dem Balkon im Obergeschoss unter dem vorspringenden Dach bis zum ersten Weihnachtstag. Dann wurde sie gewaschen, gewürzt, gefüllt, zugenäht, drei Stunden in der Röhre gebraten, fortwährend übergossen und am Schluss gebräunt – alles rituelle Vorgänge.

In dem Jahr aber, von dem hier die Rede ist, geschah etwas Entsetzliches. Die Gans wurde wie immer zwei Tage vor Weihnachten geliefert. Unsere Mutter nahm sie in Empfang, trug sie durchs Elternschlafzimmer hinauf auf den Balkon, um sie dort aufzuhängen. Zufällig sah der kleine Peer das, ging mit ihr mit und beobachtete, wie die Gans aufgehängt wurde. Als die Mutter fertig war, er musste mit ihr hineinkommen und verzog sich anschließend in sein Zimmer.

Da muss er wohl schon die Idee gehabt haben, er könne sich dieses komische Ding ja mal näher ansehen. Doch dazu musste er die Gans erst einmal holen. Seine ältere Schwester hörte nebenan ziemlich laute Musik, Mutter war in der Küche – der Weg frei. Er tappte also in das Elternschlafzimmer und öffnete die Balkontür, das konnte er schon gut. Dann ging er hinaus und näherte sich vorsichtig diesem merkwürdigen Teil, das da so hing und angeblich eine Gans war. Anfangs fasste er sie mit einer Hand ganz vorsichtig an, dann mit beiden Händen, schwenkte sie ein bisschen hin und her, dann ein bisschen doller und noch mehr. Schließlich rutschte die weiße Schnur, an der die Gans hing, vom Haken und das Tier fiel ihm vor die Füße.

Vor Schreck stand er einen Augenblick reglos da und starrte auf den Kadaver, der da vor ihm lag. Dort konnte sie nicht bleiben, dann bekäme er Ärger, das war ihm klar. Also bückte er sich, fasste sie mutig an und hob sie hoch. Die acht Kilogramm schaffte er gerade so. Aber er musste sie über seinen Kopf heben, um die Schlinge der Schnur wieder über den Haken zu ziehen. Es ging nicht, und so legte er die Gans wieder auf den Boden.

Jetzt war guter Rat teuer. Vielleicht hätte er seine Schwester zu Hilfe holen können? Nein, er wusste genau, dass die es sofort der Mutter erzählen würde. Er benahm sich auch nicht anders, wenn er Gelegenheit hatte, sie anzuschwärzen. Das ging also nicht. Was dann? Sein Blick fiel auf den Stuhl im Schlafzimmer, auf dem Papa immer seine Kleider ablegte. Den schleppte er auf den Balkon hinaus und kletterte auf die Sitzfläche. Nun aber bekam er die Gans auf dem Boden nicht zu fassen. Also wieder hinuntergeklettert, die Gans auf den Stuhl gehievt, wieder hinaufgeklettert, die Gans gepackt und hochgewuchtet. Jetzt erreichte er zwar die Höhe, aber die Schnur hing herunter und ließ sich nicht über den Haken stülpen.

Wieder benötigte er einen Augenblick zum Überlegen, dann legte er die Gans auf das Balkongeländer. Das bestand aus Holz, oben wurde es von einem Balken abgedeckt. Da lag die Gans gut. Peer griff nach der Schnur, hielt die Schlinge in der Hand, zog daran, um sie zum Haken zu bringen. Das ging leider nicht gut, denn er bewegte dabei die Gans, die das Gleichgewicht verlor und in den Garten auf die Wiese fiel. Peer sah hinunter – da lag sie nun.

Ihm wurde angst und bange, hatte er doch den heiligen Vogel in den Dreck geworfen. Das musste unter allen Umständen verschwiegen werden. Der Stuhl wurde zurückgebracht, die Balkontür geschlossen. Peer schlich in sein Zimmer. Was könnte er tun? Nichts. Er könnte nicht ungesehen durch das Wohnzimmer auf die Terrasse und dann auf die Wiese gehen, die Gans nehmen und wieder nach oben tragen. Seine Mutter würde ihn dabei sehen, auch wenn sie in der Küche war. Eine Decke! Eine Decke über der Gans? Nein, das war auch keine Lösung. Seine Mutter würde ihn fragen, was er da täte.

Es blieb ihm nur, alles zu leugnen: Nein, er war es nicht gewesen, er hatte nichts damit zu tun. Er holte seine Tafel, übte rechnen – das war seine Leidenschaft. Dann ertönte unten ein Schrei. Was war geschehen? Latz, der Hund der Familie, hatte sich an die Terrassentür gestellt und einmal gebellt. Das war das Zeichen. Mutter kam aus der Küche, öffnete ihm die Tür, er lief hinaus, um hinten bei den Stauden zu pinkeln. Die Türe blieb für ihn offen. Als er zurückkam, lief er nicht zu seiner Kuschelecke, sondern kam in die Küche. Und hatte die Mutter zu dem Schrei veranlasst, denn im Maul trug er die Gans. Er hatte sie an einem Schenkel gepackt und bis in die Küche geschleift. Dort legte er sie ab, als wisse er, dass sie dort hingehörte. Birgit kam die Treppe hinuntergelaufen, sah entsetzt den toten Vogel, aber Peer rührte sich nicht.

Allen war klar, dass nur Peer der Schuldige sein konnte. Er wurde gerufen, kam und … gestand. Was sollte nun mit der Gans geschehen? Konnte man sie noch essen? Merkwürdigerweise waren sich alle einig, dass man das konnte. Latz war ein sauberer Hund, und die Gans hatte ja nur auf dem Rasen gelegen. Dem Vater und den Großeltern, die am Feiertag kamen, erzählte man vorsichtshalber nichts, auch darin war man sich einig. Die Gans schmeckte wie immer – sehr gut!

Über Geschmack lässt sich herrlich streiten

Es gibt – dem Himmel sei es geklagt – Parodien zu Weihnachtsliedern, obwohl die ja zu den heiligsten Gütern der deutschen Kultur zählen und selbst von völlig unchristlichen Menschen mitgesummt werden, wenn sie über den Regalen im Edeka-Markt ertönen.

In der Kasseler Innenstadt gibt es ein Einkaufszentrum, riesengroß, modern, mit acht Rolltreppen und einem Atrium, in dem in der Vorweihnachtszeit ein ebenfalls riesengroßer künstlicher Weihnachtsbaum steht. Er besteht aus zirka 50 einzelnen Segmenten, die Kugeln und die elektrischen Kerzen sind nicht zählbar, erst recht nicht die glänzenden leeren Pakete und die angehängten Spielsachen. Wenn der Baum fertig aufgestellt ist, macht er Musik – ein unbeschreibliches Medley aus Weihnachtsliedern, gespielt von einem Blech-Ensemble, vielleicht auch einem Keyboard, man weiß es nicht.

Ab dem Totensonntag drehte sich der gigantische Baum und ließ seine gigantische Musik hören. Am Freitag, so gegen 19 Uhr, als noch richtig Betrieb war in den Läden, betraten zwei junge Männer das Einkaufszentrum. Einer trug eine größere Plastiktüte bei sich. Weihnachtseinkäufe, so konnte man vermuten. Der Hausdetektiv, an dem die beiden vorübergingen, zweifelte nicht daran. Sie blieben im Erdgeschoss, aßen im Thai-Laden die billigen Nudeln, fuhren dann in den dritten Stock, schlenderten am Elektromarkt vorbei, bogen um die Ecke, wo es zur Verwaltung ging, bogen noch einmal um die Ecke, öffneten eine Glastür und befanden sich auf der Personaltreppe. Sie stiegen eine halbe Treppe hinab und setzten sich auf das Podest. Hier waren sie weder von oben noch von unten zu sehen, das hatten sie bereits ausprobiert. Die Büroräume oben waren um diese Zeit längst verlassen, aber, das hatten sie recherchiert, sie wurden nach 20 Uhr, wenn das Haus geschlossen worden war, noch einmal kontrolliert, ebenso wie die Toiletten, die Tiefgarage und natürlich die einzelnen Läden vom Verkaufspersonal.

Die Treppe schien ihnen sicher. In der Tüte befanden sich unter anderem etwas zu trinken und ein Steck-Schachspiel. Damit vertrieben sie sich bis 21 Uhr die Zeit. Dann stiegen sie die Treppe hinab bis ins Erdgeschoss, wo die Glastür abgeschlossen war. Das hatten sie nicht erwartet und stiegen die drei Stockwerke wieder hinauf. Hier war die Glastür offen. Sie gingen hinaus in die Galerie, was so eigentlich nicht vorgesehen war, aber es ging nun nicht anders. Den Fahrstuhl konnten sie nicht benutzen, sie mussten über die abgestellten Rolltreppen hinunter. So leise wie möglich bewegten sie sich abwärts. Im Haus regte sich nichts. Der Wachdienst hatte seine erste Runde gemacht und sich erst einmal zurückgezogen.

Im Untergeschoss war die Nachtbeleuchtung so hell, dass sie die kleine Klappe unter dem Weihnachtsbaum leicht fanden und ihre Taschenlampen benutzen konnten, ohne dass deren Schein sie verraten hätte. Sie öffneten die Klappe, der eine leuchtete, während der andere halb hineinkroch. Er fummelte ein bisschen, zog dann das Steuerpult für den Ton, das Licht und die Bewegung des Baumes heraus, fummelte wieder ein bisschen herum und schob das Steuerpult wieder an seinen Platz. Als er die Klappe wieder schließen wollte, hörten sie Schritte. Der Wachmann ging offensichtlich seine zweite Runde. Er kam die Rolltreppe herunter, zum Glück die, welche nicht in Richtung des Baumes, sondern nach hinten zum Spielzeugladen führte. Paul, der alles ausgekundschaftet hatte, klappte das Türchen zu und zog Jens auf die andere Seite des Baumes. Dort gab es eine zweite Klappe, eine Tür im Baum selbst. Der war ja aus einem Aluminiumgerüst gebaut und innen hohl. Es gab dort einen beträchtlichen Innenraum, im dem sie verschwanden und die Tür hinter sich zuzogen.

Der Wachmann kam, ging um den Baum herum und an der Tür vorbei, blieb kurz stehen und schimpfte vor sich hin, dass die Kinder wieder am Baum herumgezerrt hatten. Er rückte die Pakete wieder zurecht und ging dann weiter um den Baum herum. Die Klappe unter dem Baum war nicht richtig zu, was ihn misstrauisch machte. Er öffnete sie, leuchtete hinein und stand, nur durch die Kunsttannen getrennt, direkt vor den beiden. Zum Glück bemerkte er die Jungen nicht und auch nicht, dass jemand an dem Pult gewesen war. Als der Wachmann weg war, schlichen sich die beiden aus ihrem Versteck. Der Rückzug verlief planmäßig. Sie mussten durch eine der großen Klappen steigen, durch welche der Papiermüll in außen stehende Container geworfen wurde und die nur von innen zu öffnen waren, weshalb sie auch nicht alarmgesichert waren. Es gelang.

Das City Point am Königsplatz wartet in der Vorweihnachtszeit mit einem großen Weihnachtsbaum auf.

Am nächsten Morgen, das Einkaufszentrum öffnete um neun Uhr, standen draußen ungewöhnlich viele Jugendliche. Das bemerkte die Frau, die am Informationsschalter saß, dachte sich aber nichts dabei. Drei Minuten vor neun Uhr kam ein Mann von der Security, öffnete die Klappe und startete das Programm des Baumes. Pünktlich um neun Uhr drehte sich der Baum und die Musik begann zu spielen. Doch was war da zu hören? Es waren die Weihnachtslieder-Parodien! Den wenigen Erwachsenen, die schon da waren, fiel das gar nicht auf, aber die vielen

Es gibt sie wirklich!

Die Gärtnerei Friedensreich in Harleshausen verkaufte seinerzeit vor Weihnachten immer kleine Tannenbäume im Topf. Eigentlich waren es nur Erdballen in einem Netz, aber die wurden in einen Eimer gesteckt. Auch die Familie Gebauer kaufte solch einen Baum, einen verhältnismäßig großen, etwa einen Meter hoch. Er sollte im Vorgarten eingesetzt und zum Fest ins Haus geholt werden, um dann in den folgenden Jahren immer wieder als Weihnachtsbaum zu dienen.

Am 23. Dezember war es dann so weit. Der Baum wurde zum ersten Mal hereingeholt. Er kam in einen Sauerkrauteimer, der weihnachtlich bemalt worden war, und sah richtig gut aus. Als er stand, kam Jojo, der Chihuahua der Familie, vom Gassigehen zurück. Er betrat das Wohnzimmer, blieb an der Tür stehen, besah sich die Veränderung, lief hin, schnüffelte, fing an zu bellen, als ob dort ein Feind stünde. Dann versuchte er, an den Eimer heranzukommen, ließ es aber bald sein, weil ihm die Nadeln der Tanne offensichtlich unangenehm waren. Als man ihm das Bellen verbot, knurrte er, verließ schließlich das Wohnzimmer und blieb in einem der Kinderzimmer.

Am nächsten Tag, also am Heiligen Abend, wurde der Baum traditionell mit Kerzen, Kugeln und Lametta geschmückt. Abends ging man in die Kirche. Als die Familie zurückkam, saß der Hund wieder vor dem Baum und winselte, als sie näher kamen. Man kraulte ihn und ging zum feierlichen Teil des Abends über. Es wurden verpackte Geschenke aus allen möglichen Ecken geholt und unter den Baum gelegt, die Kerzen wurden angezündet, es wurde gesungen. Der Hund starrte auf den Baum, die ganze Zeit über. Die Kleinste durfte schließlich zuerst hingehen und ihre Geschenke suchen. Sie hockte sich neben den Hund, um einen Karton, auf dem ihr Name stand, herauszuziehen.

Plötzlich hielt sie inne, sah zu den Eltern und sagte fast flüsternd: „Da sitzt eine Maus!“ Ihr ältester Bruder begriff als Erster, sprang auf, näherte sich vorsichtig dem Baum,

Am Tag nach Weihnachten wurde die Weihnachtsmaus im Park in die Freiheit entlassen.

schaute genau hin, sagte: „Sie hat recht, da sitzt eine lebendige Maus." Jetzt sprangen auch alle anderen auf und kamen zum Baum. „Ist sie noch da?", fragte die Mutter. „Da, da, siehst du sie nicht?" Ihr Sohn zeigte darauf. Auf dem zweiten Astring saß wirklich eine kleine Maus. Mutter begriff als erste: „Die wohnt in dem Erdballen, und wegen den Kerzen ist sie rausgekommen, weil es heiß ist." „Naja, viel Hitze ist da unten nicht", meinte Vater, „aber für sie ist das bestimmt ungemütlich."

Mutter lachte plötzlich: „Wisst ihr, wer das ist?" Alle sahen sie erstaunt an. „Das ist die Weihnachtsmaus, es gibt sie wirklich!" „Und was ist das?", wollte die Kleine wissen. „Das ist so 'n Gedicht von James Krüss", erklärte ihr älterer Bruder. „Das fängt so an", sagte der andere. „Die Weihnachtsmaus ist sonderbar, selbst für die Gelehrten, denn einmal nur im ganzen Jahr, entdeckt man ihr Fährten … Und dann klaut die Maus alles Mögliche." „Und nun haben wir sie hier", sagte der Vater. „Und der Jojo hat sie die ganze Zeit über gerochen, aber er konnte nicht dran", sagte der andere Sohn.

„Und was machen wir nun?" „Geh in den Abstellraum, hol einen Schuhkarton, wir fangen sie", sagte der Vater, was sich jedoch als unmöglich erwies. Immer wenn man näher kam, verschwand sie. Mutter erinnerte sich, dass man noch eine Mausefalle hätte, aber alle waren dagegen, das arme Tier zu töten. Selbst Vater billigte ihr Weihnachtsasyl zu. Da sie nun verschwunden war, widmete man sich wieder den Geschenken, aber alle sahen immer wieder sofort hin, wenn Jojo winselte. Der blieb am Baum sitzen. Doch die Maus war verschwunden. Als alle Geschenke ausgepackt und alle müde waren, räumte man noch alles Essbare, Plätzchen, Stollen, Pralinen in den Wohnzimmerschrank, schloss die Küchentür und ging schlafen.

Am nächsten Morgen fanden die Kinder den Schuhkarton mit Deckel auf dem Fernsehschrank. Jeder durfte mal hineinsehen, denn da saß es in einer Ecke das Mäuschen. Vater hatte sie aus dem Erdballen gebuddelt und gefangen. Die Diskussion vom Abend vorher flammte erneut auf mit dem Ergebnis, dass die Maus nicht im Haus bleiben durfte, obwohl die Kinder sie behalten wollten. Sie wurde in den Park gebracht und dort freigelassen. Jojo war mitgekommen und riss sich von der Leine los, um die fliehende Maus zu fangen, hatte aber keine Chance. Von dem Weihnachtsfest erzählt man in jedem Jahr, wenn der Baum, der wieder ein Stück gewachsen ist, einen Tag vor dem Heiligen Abend ins Haus geholt wird. Aber eine Maus war bis jetzt nicht wieder drin.

„Ho, ho, ho“

Als unsere Tochter gut zwei Jahre alt war, meinte meine Frau, nun habe sie in den Geschäften so viele Weihnachtsmänner gesehen, nun müsse der Weihnachtsmann auch mal zu ihr nach Hause in die Ahnatalstraße kommen. Dabei sah sie mich fragend, nein, auffordernd an. Ich begriff. Zwar versuchte ich noch, die Rolle abzulehnen und auf den Großvater in Niederzwehren abzuschieben, aber der lachte nur und meinte, da sei ich doch viel geeigneter.

Meine Frau gestand, dass sie das Weihnachtsmann-Kostüm schon bei „Ziege & Harjes“ in der Werner-Hilpert-Straße entliehen habe, und zwar samt Bart und Sack. „Die Stiefel“, sagte ich, „der Weihnachtsmann braucht unbedingt Stiefel. Die habe ich nicht.“ Ich musste mich sofort aufs Fahrrad setzen und nach Niederzwehren zu meinen Schwiegereltern fahren. Dort wurde festgestellt, dass ich in die Gartenstiefel meines Schwiegervaters passte. Was blieb mir nun anderes übrig, als die Rolle zu akzeptieren.

Um sie ordentlich zu spielen, übte ich schon mal, sprach in den Kassettenrekorder: „1, 2, 3 – hohoho!“ und noch was Weihnachtliches. Dann ging das Telefon, das im Arbeitszimmer stand. Das Telefonat war für mich. Das Kind nebenan wurde neugierig und lief ins Wohnzimmer, wo der Recorder stand. Dummerweise konnte das Kind schon mit dem Gerät umgehen, spulte zurück und ließ laufen. „1,2, 3 – hohoho“, tönte es durch den Raum. „Mama“, rief das Kind, „warum redet der Papa so komisch?“ Die Mutter hatte nebenan alles mitbekommen, kam ins Wohnzimmer, unterdrückte das Lachen und sagte: „Das hat der Papa nicht gesagt, das war der Weihnachtsmann.“ „Aber das ist Papas Stimme“, beharrte das Kind. Die Mutter lenkte es ab.

Was sollte ich tun? Das Kind würde mich auch im Kostüm an der Stimme erkennen. Wieder wusste meine Frau Rat: „Du nimmst das, was du sagen musst, bei deinem Freund Klaus in dein Diktiergerät auf und der verzerrt es mit seinem Recorder. Der kann das.“ Ich gab mich geschlagen, telefonierte mit Klaus, der Zeit hatte und zu Hause war. Ich setzte mich aufs Fahrrad, fuhr von Harleshausen nach Bettenhausen, um eine Aufnahme als Weihnachtsmann zu machen. Das Kopfschütteln über die Aktion erledigte ich unterwegs selbst. Für die Aufnahme brauchten wir fast zwei Stunden. Allerdings hatte ich dann auf meinem Diktiergerät einen herrlichen Bass. Als ich es meiner Frau vorspielte, kriegte sie richtig hungrige Augen.

Es kam der Heilige Abend. Die Kerzen brannten, wir sangen. Das Kind wurde unruhig. Es fragte nach Geschenken. „Warte, der Papa schaut mal nach, ob der Weihnachtsmann schon da war“, sagte meine Frau. Ich ging ins Schlafzimmer, wo das Kostüm und der Sack schon bereitlagen. Das Anziehen hatte ich geübt, auch das Umhängen des Bartes klappte. Fertig umgekleidet, klopfte ich also an die Wohnzimmertür. „Wer ist da?“, rief meine Frau. Die Antwort musste natürlich heißen: der Weihnachtsmann, aber ich fand das verdammte Diktiergerät nicht in der Tasche, wo es sein sollte. Es war in der anderen Tasche. Der Bass dröhnte: „Der Weihnachtsmann!“ Und der stieß dann auch die Tür auf und kam herein.

Das Kind klatschte in die Hände und rief: „Der Papa!“ Das war nicht vorgesehen, ich konnte nicht reagieren. Meine Frau versuchte, die Situation zu retten. „Nein, mein Schatz, das ist der Weihnachtsmann.“ „Ach, Mama, das ist doch der Papa, guck doch, er hat doch seine Brille auf.“ Ich improvisierte mit Bassstimme. „Warst du denn schön brav, mein Kind?“ „Aber Papa, das weißt du doch.“ Auf weitere Fragen verzichtete ich. „Na gut, dann bekommst du auch ein Geschenk.“ Ich legte den Sack ab und wollte mir den Schweiß abwischen. Beim Herausziehen des Taschentuches kam ich dummerweise an den Knopf des Diktiergeräts und ein markiges „Hohoho!“ erklang.

Zum Glück war das Kind mit dem Sack beschäftigt, sodass ich den Rückzug antreten konnte. Als ich nach ein paar Minuten wieder ins Zimmer kam, sprang das Kind auf, schwenkte zwei Plastikpferdchen in der Luft und rief: „Danke, die sind sooo schön!“ Wir sangen noch ein Weihnachtslied, das Kind spielte mit den Plastiktieren, dem Stall und den Zäunen, die dazugehörten. Den Weihnachtsbaum beachtete es nicht weiter und nach dem Weihnachtsmann fragte sie auch nicht.

Zum Glück brauchte ich ihn nach diesem Auftritt nie wieder zu spielen.

Weihnachtliche Liebesgrüße

Als 1870 schon viele Häuser im Blücherviertel standen, ärgerten sich einige der Bewohner, die in der Oberstadt hauptsächlich im Justiz- und Regierungsgebäude arbeiteten, dass sie große Umwege machen mussten, um zu ihren Arbeitsplätzen zu gelangen. Es gab nur die eine Fuldabrücke, die zum Altmarkt hin führte. Einer der wohlhabenden Anwohner ergriff die Initiative, suchte und fand Verbündete. Man gründete eine AG und erwirkte von der Regierung in Berlin die Erlaubnis, eine Brücke zu erbauen, welche den Weg verkürzen sollte. Diese Brücke wurde genehmigt und von der AG bei Henschel in Auftrag gegeben. Sie entstand an der Stelle, an der es schon zuzeiten der Landgrafen eine Sommerbrücke, eine Schiffsbrücke, gegeben hatte.

Als die neue Brücke fertig war, bekam sie den Namen „Drahtbrücke", weil sie vollständig aus Metall erbaut war, die Seitenteile aus einem Drahtgeflecht bestanden und die Last der Brücke an zwei dicken Drahtseilen hing, die über hohe Pylone geführt wurden. Für eine Überquerung musste ein Fußgänger drei Pfennige bezahlen, ein Reiter drei Silbergroschen, Uniformierte durften kostenlos passieren.

An dieser Brücke ereignete sich kurz vor Weihnachten des Jahres 1870, als sie noch ganz neu war, etwas Seltsa-

Am Pylon im Hintergrund hing 1870 ein Weihnachtsgruß für Luise.

mes, das großes Aufsehen erregte. An dem Pylon auf der Unterneustädter Seite hing am Tag vor Heiligabend ganz oben ein großes hölzernes Schild über dem Stadtwappen mit der Aufschrift: „Frohe Weihnachten Luise. Ich liebe dich. H.“ Die Leute kamen in Scharen, um das Schild zu sehen, denn es war völlig unklar, wie „H.“ es in der Höhe hatte befestigen können. Und wer waren überhaupt „Luise“ und „H“.?

Die Nachricht vom Schild an der Brücke verbreitete sich schnell, denn in der alten Unterneustadt kannte jeder jeden. Man wusste bald, dass mit Luise die Tochter des Sternwirtes gemeint war. H. dagegen war nicht so einfach zu entschlüsseln, und Luise gab den Namen nicht preis. Sie behauptete, keinen H. zu kennen und schon gar nicht zu lieben. Das nahm man ihr nicht ab, weil sie jedes Mal, wenn sie gefragt wurde und diese Antwort gab, knallrot wurde. Offen blieb auch die Frage, wie der H. es geschafft hatte, die Höhe zu erreichen. Es gab keine Leitern, die bis hinauf gereicht hätten, nur die Feuerwehr hatte so etwas.

Es war Else, die beste Freundin von Luise, die Andeutungen machte, nach Weihnachten werde man alles erfahren. Und so geschah es dann auch, denn am ersten Weihnachtsfeiertag saß ein junger Mann neben Luises Vater in der Kirche, den niemand kannte. Es war Heinrich Pfaffenrot, der aus Wehlheiden kam. Er und Luise hatten sich auf der Wehlheider Kirmes kennengelernt und später heimlich verlobt. Am 23. Dezember war er bei ihrem Vater erschienen und hatte bei dem Überraschten um die Hand der Tochter angehalten. Luises Mutter, die ebenfalls anwesend war, wusste merkwürdigerweise alles über den Bewerber. Er stammte aus einer guten Familie, hatte eine Stelle als Beamter beim Regierungspräsidenten und dass er ihre Tochter heiraten wollte, wusste sie auch.

Der Vater konnte der Verbindung nur noch zustimmen, machte aber zur Bedingung, dass Heinrich verraten musste, wie er das Schild so hoch oben an der Brücke hatte befestigen können. Der junge Mann lachte und sagte: „Es waren nur einen Steinwurf hoch.“ Er erklärte, dass er an einem länglichen glatten Stein einen Bindfaden geknotet, den von der Flussseite her bei Mondschein über den Pylon geworfen hatte, dann mit den Bindfaden zwei ordentliche Seile nachgezogen und dann mit der Hilfe von zwei Freunden diese Seile durch zwei dünne Drähte ersetzt habe, mit denen man das Schild hochzogen hatte. Die Drähte seien unter dem Tragseil hindurch zur Seite gezogen und außen am Mauerwerk entlang geführt worden, wo man sie dann unauffällig an der Brückenkonstruktion befestigt hatte. Das hatte bis dahin tatsächlich niemand bemerkt.

Am Silvestertag brachte Heinrich wieder seine Freunde mit, und sie ließen das Schild wieder herunter. Dabei hielt allerdings einer den Draht nicht richtig fest, sodass das Schild abrutschte und auf das Pflaster klatschte, wobei es zerbrach. Das deuteten die Zuschauer, die sich eingefunden hatten, als schlechtes Omen für die Ehe der beiden. Doch sie sollten sich irren, denn die Ehe wurde sehr glücklich, mit sechs Kindern gesegnet und hielt fast 50 Jahre, dann starb Heinrich. Luise lebte als Witwe und Großmutter noch fast 20 Jahre und starb … an einem 23. Dezember.

Der Weihnachtsstern vom Weinberg

Sabeth stand im Dunkeln am Fenster und sah hinaus. Schräg vor blickte sie auf den Weinberg, dessen Lampen bis zu ihr herunterleuchteten. Sie hatte ein schönes Apartment am oberen Rand der Tischbeinstraße, das sie allein bewohnte. Es war der Abend des ersten Weihnachtsfeiertages, an dem sie hier allein stand. Sie hatte es so gewollt. Am Heiligen Abend war sie bei ihren Eltern gewesen, sie hatte ihren Bruder mit Frau und zwei Kindern getroffen und ihre Schwester, die sich gerade verlobt und ihren zukünftigen Mann mitgebracht hatte. Sie hatte gespürt, dass man sie bedauerte, weil sie allein war. Aber sie wollte es nicht anders, sagte sie sich.

Sie hatte eine sehr gute Stellung in einer Im- und Exportfirma, war die Assistentin des Besitzers und bekam ein richtig gutes Gehalt. Sie reiste mit dem Chef nach Korea und China, um dort Spielzeug einzukaufen und Produkte der Kasseler Feinindustrie an den Mann zu bringen. Doch hatte sie es einfach noch nicht geschafft, sich zu verlieben, weil sich keine Gelegenheit geboten hatte und keine Zeit dafür war. So stand sie nun allein da, nicht unglücklich, aber irgendwie einsam und verloren.

Da sah sie plötzlich etwas sehr Seltsames. Dicht über dem Dach des Hauses, über das sie hinwegschauen konnte,

Wie ein Herrenhuter Stern zum Liebestifter wurde …

sah sie einen großen, leuchtenden Stern in der Luft. Sie konnte sich die Erscheinung nicht erklären, griff nach dem Fernglas, das auf dem Fensterbrett lag, und sah sich das seltsame Objekt an. Es war ein Herrenhuter Stern aus Papier, wenn sie sich nicht irrte. Das Erstaunlichste aber war, dass er sich auf sie zu bewegte. Unwillkürlich dachte sie an den Stern von Bethlehem, von dem der Pfarrer gesprochen hatte, als gestern die ganze Familie in der Kirche gewesen war. Der Stern wurde größer und kam tatsächlich immer näher. Es ging kein Wind. Wieso konnte ein großer Papierstern fliegen? Sie ließ das Fernglas sinken, als er ganz nah war. Vor dem Haus hielt er an, kam dann ganz langsam über die Brüstung ihres Balkons und blieb einfach in der Luft stehen.

Sie konnte nicht anders als die Tür zu öffnen und trat auf den Balkon hinaus. Dann streckte sie die Arme aus und hielt ihn in der Hand. Da fiel plötzlich von oben eine dünne Schnur herunter und sie spürte das Gewicht des Sterns. Er war nicht schwer, aber sie erschrak ein wenig. Sie schaute nach oben, hörte ein leises Surren und sah undeutlich, dass dort eine kleine Drohne in der Luft stand, die sich jetzt drehte und in die Richtung flog, aus der sie gekommen war. In der Dunkelheit konnte sie den Flug nicht weiter verfolgen. Sie ging mit dem Stern zurück ins Zimmer, legte ihn auf den Tisch und griff nach dem Fernglas. Ihr Blick ging den Weinberg hinauf, wo sie neben einer Laterne eine Person sah, die aber nicht genau zu erkennen war.

Dann sah sie sich den Stern genauer an. Er enthielt keine Kerze, sondern ein kleines LED-Lämpchen mit Batterie. Jemand musste es extra eingebaut haben. Mit elektronischem Spielzeug kannte sie sich schließlich aus, das waren Artikel, die ihr Chef in China einkaufte oder in Korea.

Korea! Das war es! Von ihrer letzten Einkaufstour im September für Sommerspielsachen des nächsten Jahres hatten sie nicht nur Muster mitgebracht, sondern auch einen jungen Mann, den Sohn eines der Fabrikanten, dessen Erzeugnisse sie gekauft hatten: Siwon. Er sollte und wollte in Deutschland studieren, und zwar Wirtschaftswissenschaften, nach dem Willen seines Vaters. Er hingegen wollte viel lieber deutsche Literatur studieren, sprach sehr gut Deutsch und war einen halben Kopf kleiner als Sabeth. Außerdem sah er gut aus und war sehr höflich und – das wusste sie schon – war genauso alt wie sie selbst. Zwei Tage später gingen sie zum ersten Mal aus, nach einem halben Jahr heirateten sie.

Sie leben noch immer in Kassel, haben aber auch eine Wohnung in Seoul, wo sie während Siwons Semesterferien wohnen. Sabeth kennt alle Hersteller von Spielzeug, ihr Chef braucht nicht mehr nach Korea zu kommen, sie kauft jetzt allein ein. Das Weihnachtsfest verbringen sie immer in Kassel. Sabeth hat das Apartment inzwischen gekauft. Und immer hängt über dem Christbaum, den Siwon unbedingt haben will, der Herrenhuter Stern, der sie zusammengebracht hat. Sabeth könnte auch die Drohne steuern, die Siwon damals mit einer Infrarot-Kamera ausgestattet hatte, damit er sehen konnte, wohin er sie steuern musste. Aber das will sie lieber ihrem Sohn überlassen …

Attacke!

Da hatte sich die Spielzeugindustrie aber etwas Hübsches ausgedacht: kleine, grüne Frösche aus Gummi, so etwa in der Größe eines Fünf-Mark-Geldstückes, mit rundem Rücken, großen Augen und deutlich angelegten Hinterbeinen! Das Besondere an den Gummitierchen war, dass man sie auf glatten Oberflächen aufsetzen und plattdrücken konnte. Dann blieben sie so gedrückt sitzen, bis sie – je nachdem, wie glatt die Oberfläche war – plötzlich, unerwartet und laut knallend aufsprangen, und zwar bis zu einem Meter hoch.

Diese Frösche hatten es Peer angetan, er experimentierte mit ihnen. Zu Weihnachten dachte er sich etwas Besonderes aus. Er schnitt aus Alublech ovale Plättchen aus, die er sehr sorgfältig glättete und mit Spiritus abrieb. Die Zeit bis zum Sprung der Frösche dauerte damit bis zu zehn Minuten. Die Plättchen waren gerade so groß, dass ein Frosch darauf sitzen konnte. Dem Frosch klebte er auf den Rücken eine kleine lockere Rolle farbigen Geschenkbandes. Damit wollte er die Familie überraschen.

Weihnachten wurde traditionell abwechselnd bei den Mama-Großeltern oder den Papa-Großeltern gefeiert, wo dann alle zusammenkamen. Dieses Jahr fand es bei den Papa-Großeltern statt. Da stand der Weihnachtsbaum im Wohnzimmer, das eine Galerie hatte, also sehr hoch war. Peer plante, seine Frösche vom Weihnachtsbaum aus in die Höhe springen zu lassen. Sie sollten die Bänder hinter sich flattern lassen, die sich dann als zusätzlicher Schmuck über den Weihnachtsbaum legten. Mit seiner älteren Schwester stellte Peer den Weihnachtsbaum auf und schmückte ihn wie immer. Dann packte Peer seine Schachtel mit den präparierten Fröschen aus. Seine Schwester erklärte ihn für verrückt, fand die Idee aber sehr lustig, weil die Tierchen ja knallen sollten.

Die Weihnachtsgesellschaft ging in die Martinskirche, Peer blieb zu Hause. Das hatte er so geplant, damit ihn niemand stören würde. Er holte sich noch einmal die kleine Leiter, die er schon weggestellt hatte, und begann, die Frösche zu montieren. Zuerst brachte er ihre Absprungplatte an, indem er ziemlich geschickt die Plättchen mit einem Ende um einen Zweig bog, wobei er darauf achtete, dass es nach oben freie Schussbahn gab. Dann sah er auf die Uhr, der Gottesdienst musste schon bald zu Ende sein. Er hatte 15 Plättchen angebracht, setzte die Frösche darauf, drückte sie aber noch nicht an. Die Familie kam. Peer fing sie im Flur ab, bat sie, noch nicht hereinzukommen, sondern für ein paar Minuten in die Küche zu gehen. Er wolle, dass die Kerzen schon brannten, wenn sie in die Halle kamen. Man wunderte sich, fügte sich aber. Peer rückte mit seinem Leiterchen einmal um den Baum, drückte alle Frösche fest auf ihre Basis und schaltete die elektrischen Kerzen an.

Dann durfte die Familie hereinkommen. Man bewunderte den Baum, und es dauerte eine Weile, bis alle saßen. Peers Schwester setzte sich ans Klavier, und stimmte „Stille Nacht, heilige Nacht“ an. Mitten in der zweiten Strophe explodierte der erste Frosch. Das Dumme war, dass er nicht senkrecht nach oben sprang, sondern schräg nach vorn in Richtung der Sitzenden, was großes Entsetzen hervorrief. Peer hatte beim Andrücken der Frösche nicht mehr gut darauf geachtet, dass die Platte waagerecht blieb, außerdem drückte sie der Rückstoß nach unten. Dazu kam noch, dass der Sprung der Frösche durch die Wärme der Kerzen viel höher ausfiel als sonst. Als die Gesellschaft sah, dass wohl keine Gefahr von diesem kleinen Ding ausging, lachte man ein bisschen. Opa stimmte erneut die zweite Strophe an. Man sang. Sie kamen nicht weiter als bis zur dritten Zeile, dann ging ein wahres Bombardement los. Einer nach dem anderen sprangen die Frösche in alle Himmelsrichtungen, manchmal zwei, drei zusammen. Die Bänder entrollten sich, manche landeten wirklich auf den Baum und schmückten ihn. Die meisten schossen aber quer durch den Raum und fielen auf den Fußboden.

Die beiden Großmütter hielten sich aneinander fest und stießen kleine spitze Schreie aus, wenn wieder ein Frosch auf sie zukam, lachten aber schon dabei, weil sie gemerkt hatten, dass weiter nichts passierte. Peers Mutter senkte tief den Kopf, weil sie sich ihres Sohnes schämte. Doch der Papa-Opa rettete dies Situation, indem er laut verkündete: „Also, dass die Weihnachtsengel grün sind, so niedrig fliegen und so einen Krach machen, hätte ich nicht gedacht!"

Peer ging mit dieser Szene in die Familiengeschichte ein. Das hatte vor ihm noch kein 15-Jähriger geschafft. Wenn es damals schon YouTube gegeben hätte, hätte seine Schwester bestimmt ein Video gemacht und Peer wäre jetzt ein internationaler Star.

Weihnachtlicher Kaffeegenuss

Jedes Mal wenn wir das Grab meiner Großmutter besuchen, denken wir an Weihnachten und müssen ein bisschen lächeln, weil wir sie dann so vor uns sehen mit ihrer Kaffeekanne. Eine davon haben wir ihr aufs Grab gestellt, und das passt sehr gut zu ihr, denn der Kaffee war ihre lebenslange Leidenschaft. Sie wuchs in Homberg auf und hatte modern denkende Eltern. Die ließen sie zwar nicht aufs Gymnasium gehen, was sie gern getan hätte, aber erlaubten ihr, im Unterschied zu den allermeisten ihrer Schulkameradinnen, eine Arbeit anzunehmen. Sie lernte Schreibmaschine schreiben, was damals eine neue Technik war, und ging als Sekretärin in die Großstadt, nach Kassel.

In der Firma wurde viel Kaffee getrunken, und zwar von den Männern. Den musste sie kochen, was sie nicht ungern tat, weil sie dann die Hände von den Tasten nehmen und von ihrem Stuhl aufstehen konnte. Aber sie durfte den Kaffee auch trinken, ja musste ihn sogar trinken. Da es zu ihren Aufgaben gehörte, den Kaffee einzukaufen, musste sie ihn natürlich auch probieren. In den Jahren, in denen sie in der Firma arbeitete, wuchs ihr täglicher Kaffeekonsum auf sechs Tassen an, manchmal waren es auch acht.

Als sie dann in Kassel heiratete und Kinder bekam, trank sie nur noch zwei Tassen Kaffee zum Frühstück und meist auch nachmittags noch eine, die musste aber nicht sein. Dann kam der Weltkrieg, der erste, und es gab keinen Kaffee mehr. Es ist nicht so, dass sie Entzugserscheinungen gehabt hätte, aber Sehnsucht nach Kaffee hatte sie schon. Sie überstand den Krieg mit der Familie gut, denn sie hatten nicht nur einen großen Garten in Waldau. Die Eltern hatten auch Land an einen Bauern verpachtet, von dem sie Kartoffeln und Mehl bekamen. Außerdem gab es in der Waschküche in einem Verschlag ein Schwein.

Als der Krieg vorbei war, gab es wieder Kaffee. Meine Großmutter war wieder glücklich oder wenigstens glücklicher als in den vier Jahren davor. Und sie hatte noch mehr Glück, weil sie Kaffee eingelagert hatte, als die große Inflation kam. Der Vorrat reichte ziemlich lange, wenn auch nicht bis zur Einführung der Reichsmark. Dann gab es wieder Kaffee, jedenfalls bis zum Zweiten Weltkrieg. Den überlebten sie und die Kinder, weil sie inzwischen in Thüringen wohnten, während ihr Mann an der Front war. Nach 1945 war Kaffee eine Ware, die auf dem Schwarzmarkt gehandelt wurde. Einer ihrer Söhne mischte da mit, sodass sie immer etwas Kaffee bekam. Irgendwann wurde er verhaftet und verschwand für längere Zeit im Gefängnis.

Dann hatte sie das Pech, im falschen Deutschland zu wohnen, in der DDR nämlich. Da war der Kaffee zwar erhältlich, aber sündhaft teuer. Doch sie hatte insofern Glück, dass ihr die Kinder und Enkel, die alle im Westen lebten, in jedem Jahr zu Weihnachten Pakete schickten. Da waren Fischkonserven, Schokolade und Kaffee drin, jeweils so viel, wie erlaubt war. Dieser Weihnachtskaffee war das, was sie am Ende ihres Lebens glücklich machte.

Sie hatte sieben Enkel, die sie alle besucht haben, als die Grenze aufging. Und alle haben Kaffee mitgebracht, weil sie die Leidenschaft ihrer Großmutter kannten. Den hat sie dann allerdings in dem Altersheim verschenkt, in dem sie damals lebte, denn der Arzt hatte ihr „wegen dem Herz" nur zwei Tassen am Tag erlaubt. Daran hielt sie sich. Aber an Weihnachten trank sie am ersten Feiertag doch jedes Mal vier Tassen, ihren Weihnachtskaffee, auch wenn sie danach nicht gut schlief.

Sie ist 97 Jahre alt geworden und auf ihrem Grab steht also eine ihrer bauchigen Porzellan-Kaffeekannen, die als Blumenvase benutzt wird, wenn jemand von uns ihr Grab besucht.

Karpfen blau

Frau Grundlich war eine rechtschaffene Hausfrau, die ihren Lieben das Leben so schön wie möglich machen wollte. Dazu gehörte, dass immer ein ordentliches Essen auf den Tisch kam, besonders an Feiertagen. Im Hause Grundlich war es Sitte, dass an Weihnachten eine Gans verzehrt wurde. Weil nun aber der Hausarzt dem Herrn Grundlich Anfang Dezember eine Standpauke gehalten hatte. Weil dieser zu dick geworden und seine Blutwerte miserabel wären, sollte er mit dem fetten Fleisch vorsichtiger sein und vor allem zu Weihnachten nicht den fetten Gänsebraten zu sich nehmen. Frau Grundlich hörte dieses mit Entsetzen: Was sollte sie dann ihren Lieben vorsetzen? Wie konnte eine so lange Tradition einfach abgeschafft werden?

Der Tochter und dem Sohn, beide schon erwachsen, aber gern an Weihnachten zu Hause, wurde die Hiobsbotschaft mitgeteilt. Doch die blieben gelassen. Die Tochter machte den Vorschlag, doch mal einen schönen Karpfen zuzubereiten und schickte der Mutter gleich ein Rezept für Karpfen blau. Die Mutter jammerte, dass sie diesen noch nie zubereitet hätte. Doch die Kinder erwiesen sich als solidarisch mit dem Vater.

Seufzend ergab sich Frau Grundlich in ihr Schicksal und fuhr eine Woche vor dem Fest in die Stadt, um dort einen Karpfen zu kaufen. Sie hätte den, teilte ihr die Frau

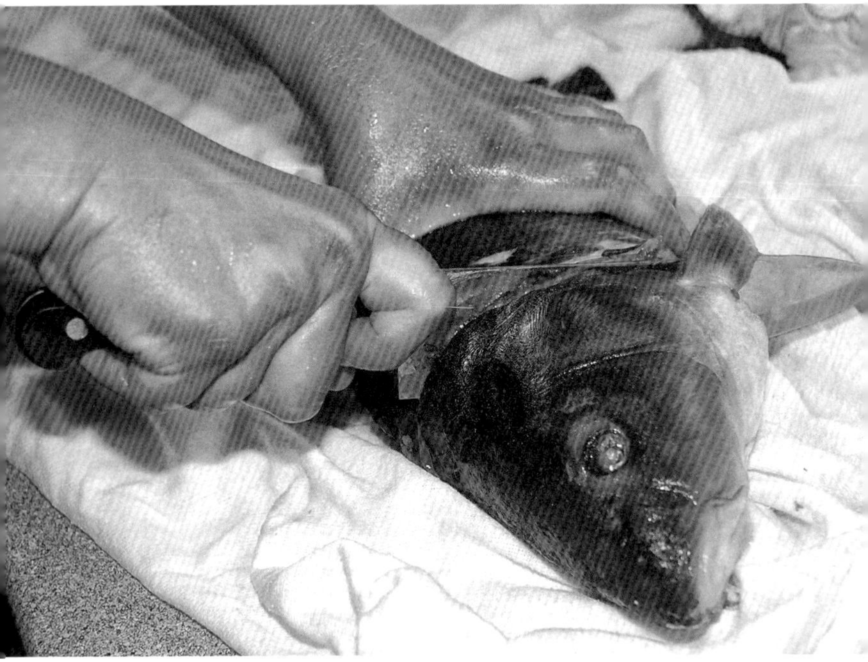

Zu ihrem eigenen Erstaunen brachte es Frau Grundlich fertig, den Karpfen zu töten.

im Feinkostladen mit, vor sechs Wochen bestellen müssen oder besser noch früher, jetzt seien alle Karpfen weg. Sie könne ja einen in der Tiefkühlung bei einem Lebensmittelmarkt erwerben. Frau Grundlich verlangte, den Besitzer des Ladens zu sprechen, den kenne sie. Er kam, es gab ein rührendes Wiedersehen, denn er war die Tanzstundenliebe der Frau Grundlich gewesen. Selbstverständlich bekam sie einen Karpfen. Für wie viele Leute? Für vier? Dann musste es ein schöner, fetter, großer sein. Das Wort „fett" wollte Frau Grundlich nicht gehört haben, aber ihr alter Freund beruhigte sie, Fischfett sei im Unterschied zu anderem Tierfett gesund.

Sie kam mit dem Karpfen und Handlungsanweisungen für sein Überleben in der heimischen Badewanne nach Hause. Die Woche verging, und am ersten Feiertag morgens wurde der Karpfen geschlachtet. Auch dazu hatte ihr der frühere Verehrer Anweisung erteilt, und – sie hätte es vorher nicht geglaubt – sie konnte es. Das Tier wurde ausgenommen, nicht geschuppt, aber dressiert, d. h. mit Holzstäbchen auf einer großen halbierten Kartoffel im Deckel des Gänsebräters („Ach, keine Gans, nein, ein Karpfen!") in einem Wasserbad aufgestellt, als ob er noch schwömme. Um dann die Blaufärbung zu erzielen, musste er mit heißem Essig übergossen werden.

Dabei geschah das Unfassbare! Der tote Karpfen, der ausgenommene und aufgespießte Karpfen begann wie wild mit dem Schwanz zu schlagen, sodass das Wasser durch die ganze Küche spritzte. Auch der Backofen und Frau Grundlichs Schürze wurden nass. Der Fisch riss sich von seiner Befestigung los und sprang aus dem Bräter. Frau Grundlich schwankte zwischen Totenstarre und panischer Flucht und stieß schließlich einen Schrei des Entsetzens aus.

Nun hätte ihr jeder Biologe oder jeder Arzt im Grundstudium sagen können, dass sie mit der Essigsäure eine Reaktion der Nerven provoziert hatte, welche die Zuckungen bewirkte. Frau Grundlich war aber weder Biologin noch angehende Ärztin, und in der Volksschule, die sie besucht hatte, wurden Nervenzuckungen nicht durchgenommen. Ihren Schrei aber hatte ihre Tochter gehört, kam in die Küche und sah das Unglück. Beherzt fasste sie zu und hob den Karpfen auf, spülte ihn einmal ab, übergoss ihn noch einmal – dieses Mal ohne Reaktionen – und setzte ihn nach Anweisung der Mutter, die das Vieh nicht wieder anrühren wollte, wieder in seine Position. Dann wurde er gegart und serviert, von der Tochter. Drei Leuten schmeckte es sehr gut, nur eine aß sehr wenig davon, musste aber zugeben, dass es nicht schlecht war, vor allen natürlich wegen der Beilagen.

Es hat bei Grundlichs nie wieder Karpfen gegeben, man einigte sich auf mageres Truthahnfleisch. Dabei blieb es dann, auch für die Schwieger- und Enkelkinder. Aber es verging kein Weihnachten, ohne dass diese Geschichte erzählt wurde, und nach ein paar Jahren konnte auch Frau Grundlich darüber lachen. Aber es dauerte sehr lange, bis ihr ältester Enkel ihr erklären konnte, was damals eigentlich geschehen war. Er hatte es in der Oberstufe des Gymnasiums gelernt und wollte es ihr gern demonstrieren. Sie lehnte ab – strikt, bis zu ihrem Lebensende.

Der Tannenbaum in der Fulda

Es war der zweite Weihnachtsfeiertag. Olli und ich saßen an der Mauer der Terrasse des Kurbades Jungborn an der Drahtbrücke und hatten jeder einen Glühwein vor uns stehen. Drei Meter von uns entfernt brannte Holz in einer Feuerschale. Die Terrasse war voll mit jungen Leuten, es gab Musik, aber nicht zu laut. Es war kalt, aber nicht zu kalt. Es hatte ein bisschen Sonne gegeben, jetzt um halb fünf war es schon fast dunkel. Olli hatte ich eingeladen, weil wir uns lange nicht mehr gesehen hatten. Wir hatten über Vergangenes geredet, jetzt schwiegen wir, denn es fiel uns gerade nichts mehr ein.

Aber da kam mir etwas zu Hilfe, was die Stille unterbrach. Olli hatte es noch nicht gesehen: Zehn Meter von uns entfernt stand ein kleiner Tannenbaum mitten in der Fulda. Er stand wirklich einfach so da, nicht irgendwie in einem Boot, nein, scheinbar einfach so im Wasser. Natürlich sah es nur so aus. In Wirklichkeit stand er auf einem Brett, war dort wahrscheinlich mit zwei Winkeln befestigt worden. Und jetzt, genau jetzt, gingen plötzlich Lichter an und aus dem Baum wurde ein Weihnachtsbaum.

Olli hatte ihn nun auch bemerkt und fragte, was das solle. Ich gab mich sehr eingeweiht und sagte: „Das Wasser ist dort mindestens sechs Meter tief, und unten liegt eine

An Weihnachten wird auch an den Reiher gedacht.

Aalreuse." Da drehte sich ein Mann am Nebentisch zu uns, sah mich an und sagte: „Ach, sie sind's. Aber woher wissen sie das?" Ich erkannte ihn und sagte: „Hallo, ihr Vater hat mir das mal, bevor er starb, unter dem Siegel der Verschwiegenheit erzählt. Er hat uns jedes Jahr zu Weihnachten einen geräucherten Aal geschenkt. Aber sagen sie, warum haben sie denn diese Veranstaltung mit dem Bäumchen gemacht?" „Das werden Sie auch gleich sehen. Er steht schon da drüben an der Spitze, wo die Drusel mündet. Da, sehen sie, er kommt schon."

Olli sah mich verständnislos an, aber dann begriff auch er. Ein großer Fischreiher kam niedrig über das Wasser geflogen, landete scheinbar im Wasser neben dem Tannenbaum in Wirklichkeit aber auf dem Brett und stand nun da. „Sehen sie“, sagte mein Bekannter, „er hat ganz schnell mitgekriegt, dass Fische von dem Licht angezogen werden und kann sie nun fangen. Ich gönne ihm ein paar Fische, aber die Fischer sind natürlich gegen die Reiher, obwohl sie hierher gehören.“ Tatsächlich machte der Reiher einen langen Hals, stieß zu und hatte auch schon einen Fisch gefangen.

„Und woher kriegt der Baum den Strom?“, wollte ich wissen. „Eine kleine Solarzelle und ein kleiner Akku auf dem Brett. Das hält ein paar Stunden. Da kann er sich ein paar Fische fangen. Das ist mein Weihnachtsgeschenk an ihn. Ich wünsche ihnen und ihrer Frau auch schöne Weihnachten.“ Damit drehte er sich wieder um zu den anderen Leuten, mit denen er am Tisch saß. Die kleine Tanne stand wirklich noch ein paar Tage dort, aber am Schluss ziemlich schief, weil die Fulda ein bisschen Hochwasser hatte und dadurch schneller floss.

Überraschung zu Weihnachten

Er brauchte den Hund nicht zu rufen, musste nur aus dem Wohnzimmer in den Flur gehen und schon war auch er zur Stelle. Er nahm die Leine mit, obwohl der Hund schon viele Jahre nur bei Fuß ging und den Weg genauso gut kannte wie sein Herrchen. Die Sandershäuser Straße war unbelebt, es fuhr kein einziges Auto. Die beiden hielten sich zuerst auf der rechten Seite, liefen bis zur Ruine der Haferkakaofabrik. Alles war dunkel, alles war gut. Dann wechselten sie die Straßenseite, gingen rüber zum Salzmann-Gelände. Das war eigentlich nur noch eine Ruine, obwohl das Frontgebäude noch stand und noch eine Firma einen Teil dahinter gemietet hatte.

Als sie zum alten Haupteingang kamen, lief der Hund plötzlich ein paar Schritte voraus direkt zur Tür, blieb stehen, schnüffelte, drehte den Kopf zu seinem Herrchen und bellte zweimal leise. Helmut wusste sofort, da stimmte etwas nicht. Er trat drei Schritte zurück, schaute an der Fassade hoch, da war ein Licht in einem der Fenster des ersten Stocks, nicht sehr hell, aber sichtbar. Er hakte den Schlüsselbund vom Gürtel ab und schloss auf. Die Treppe war dunkel, er leuchtete sich mit der Taschenlampe des Handys den Weg. Oben brauchte er nicht zu suchen, er wusste, das Licht kam aus dem Fenster des Besprechungs-

Der Adventskranz verbreitet weihnachtliche Stimmung.

raumes neben dem Büro des Chefs – damals, als es den noch gegeben hatte.

Vor der Tür blieben beide stehen, der Hund sah ihn an. Helmut drückte die Klinke herunter, öffnete vorsichtig die Tür. Von innen kam eine Stimme: „Komm rein, Mann, ich habe dich schon erwartet." Helmut wusste sofort, wer es war, aber er blieb verblüfft in der Tür stehen. „Gerhard? Was machst du denn hier?" Es gab noch Möbel in dem Raum, Gerhard saß an einem der Tische, hatte vor sich einen Adventskranz, dessen vier Kerzen brannten. „Mir ist eingefallen, dass es dieses Jahr genau 15 Jahre sind, seit wir hier zum letzten Mal gesessen haben. Und da hatten wir auch einen Adventskranz", sagte er. „Aber, Mann, heute ist der Zweite Weihnachtstag, da solltest du zu Hause sein und nicht hier Trübsal blasen." „Naja, sonst säße ich alleine zu Hause und es wäre genauso trübselig ohne meine Frau. Mein Sohn ist mit seiner Frau und den Kindern nach Frankfurt gezogen. Die haben mich eingeladen, aber ich fühle mich dort noch einsamer als allein zu Hause. Komm, setz dich ein bisschen her, ich habe einen Sechserpack mitgebracht, weil ich wusste, dass du mich findest."

Helmut setzte sich, die beiden tranken, redeten von früher. Der Hund lag unter dem Tisch. Es war nicht kalt, denn Gerhard hatte einen kleinen elektrischen Ofen mitgebracht, und der Strom funktionierte hier noch. Da klingelte auf einmal sein Handy. Er ging dran, hörte zu und fragte: „Wo seid ihr denn? Nee, ich bin bei Salzmann und mein alter Freund Helmut ist auch hier. Ja, mit dem Hund. Also, das ist ja eine echte Überraschung. Ich komme. Ich habe das Fahrrad, in zehn Minuten bin ich da. Hast du den Schlüssel mit? Dann macht es euch schon mal gemütlich. Bis dann!" Helmut fragte nur: „Sind sie hier, die Frankfurter?" Und Gerhard antwortete strahlend: „Ja, mit den Kindern. Ich muss dann mal. Mach's gut und alles Gute für das neue Jahr!"

Sie gaben sich die Hand. Helmut blieb noch sitzen und streichelte den Hund. Dann blies er die Kerzen aus und ging hinunter, schloss ab und lief den Rest seines Wachganges ab. Weitere Lichter gab es nicht im Gebäude. Eine Viertelstunde später war er wieder bei seiner Frau zu Hause. Den Adventskranz warf er drei Tage später in die Mülltonne, er nadelte.

Die Heilige Nacht

Die Bescherung war vorbei, alle Geschenke ausgepackt, Jonas hatte vorher brav Klavier gespielt und mitgesungen, und jetzt wollte er, wie er sagte, noch mal ein bisschen rausgehen. Sein Vater hatte Bedenken, doch ehe er etwas dagegen vorbringen konnte, hatte die Mutter es schon erlaubt. So schwieg er, bis der Junge weg war. Dann fragte er etwas ungehalten: „Musste das ein? Wo will er denn hin? In die Disko?“ Die Mutter lächelte. „Du vergisst, er ist 16. In die Disko – das kommt erst noch. Jetzt muss er mit seiner Freundin telefonieren.“ „Kann er das nicht hier, ich meine in seinem Zimmer?“, knurrte der Vater. Aber er war auch irgendwie stolz darauf, dass sein Sohn schon eine Freundin hatte, mit der er telefonierte, mit der er vielleicht schon ... nein, das Weiterdenken verbot er sich.

Die Vermutung der Mutter stimmte nicht. Jonas hatte seiner Freundin längst eine SMS geschrieben, und sie erwartete keinen Anruf mehr. Er wollte wirklich nur mal hinausgehen, nicht mehr der brave Sohn sein, der sich mit den Großeltern unterhielt und lustige Geschichten aus der Schule oder aus dem Sportverein erzählte. Er wollte für sich sein. Er ging auf das Rondell an der Fußgängerbrücke zur Unterneustadt, von dem aus man über die Fulda schauen konnte. Es war unglaublich still, weil kaum Autos fuhren.

In diesem Moment fiel ihm ein, dass er vor ein paar Tagen ein Buch in der Hand gehabt hatte – er las jetzt manchmal

Bücher seiner Eltern, was er früher nie getan hatte. Es war ein Buch von Selma Lagerlöf. Den Namen wusste er noch, weil er so seltsam klang, als er ihn sich laut vorgelesen hatte. Da war eine Geschichte „Die Heilige Nacht", in der es darum ging, dass in der Heiligen Nacht die Tiere miteinander und auch mit Menschen sprechen können, wenn die sich nur darauf einlassen. So hatte er es in Erinnerung.

Plötzlich sah er im Licht der Laterne, die am Wegesrand stand, an der großen Linde auf dem Rondell neben sich ein Eichhörnchen. Er musste grinsen, als er sich vorstellte, er würde nun eine Unterhaltung mit dem Tier anfangen. Es saß halb hinter dem Stamm, nicht sehr hoch, und schaute

In der Heiligen Nacht können die Tiere mit den Menschen sprechen – vielleicht.

ihn an. Es war Menschen gewöhnt, auch Menschen, die es fütterten. Deshalb blieb es wohl sitzen und wartete ab. Jonas sah es an, das Tier sah ihn an. Und dann sagte das Eichhörnchen mit einem knarrenden Stimmchen „Horch!“ zu ihm. Jonas war verblüfft. Das konnte nicht sein. Wahrscheinlich hatte das Eichhörnchen sich ein wenig bewegt hinter dem Stamm und seine Krallen hatten auf der Rinde einen Ton erzeugt, den er so deutete. In diesem Augenblick fingen in der Stadt Glocken an zu läuten, erst von der Karlskirche, dann von der Elisabethkirche und zum Schluss hörte er auch noch die Martinskirche, sodass er sich von Tönen umgeben fühlte.

Die Mitternachtsgottesdienste begannen um 23 Uhr und dauerten eine Stunde, das war es. Er schaute wieder über den Fluss und die Stadt und bemerkte das Mondlicht. Weißer Rauch drang aus den Schornsteinen der Häuser der Unterneustadt – ein Motiv wie von einer Postkarte, ja, eine richtige Weihnachtsinszenierung. Er musste über sich selbst lächeln. Aber im gleichen Augenblick verstand er, wie noch nie zuvor: Diese Nacht war heilig, anders als alle anderen Nächte und heilig, weil die Christen in Europa und anderen Teilen der Welt glauben, dass ihr Erlöser in dieser Nacht geboren wurde, und weil die Menschen, bei allem Unglauben heute, festhalten an der Hoffnung, dass es vielleicht ein Kind geben könnte, das der Welt Frieden bringt. In der Heiligen Nacht versuchen sie, diese Hoffnung zu leben.

Das Eichhörnchen war noch immer da. Jonas sagte laut „Danke!“ zu ihm, da lief es den Stamm hinauf, und als er ihm nachblickte, sah er den Sternenhimmel.